E-Z DICKENS SUPERHJÄLTE BOK FYRA:
PÅ ICE

Cathy McGough

Stratford Living Publishing

Innehållsförteckning

För vardagens superhjältar.

"Det går inte att slå en person som aldrig ger upp."

Babe Ruth

PROLOG

NäSTA DAG VAR EN skoldag, men med världens undergång nära förestående hade varken E-Z eller Lia för avsikt att gå dit.

"Jag har en väldigt dålig känsla", sa Lia.

Det var frukostdags och hon och E-Z var ensamma. Sam och Samantha sov fortfarande, liksom tvillingarna Jack och Jill.

"Vad för slags dålig känsla?" frågade han och skedade in mer flingor i munnen.

"Du vet i går kväll, när jag tyckte att jag hörde något?"

"Ja, men du sa att det var falskt alarm. Att ljuden försvann och allt blev som vanligt igen."

"Det gjorde det och det gjorde det inte. Det är svårt att förklara. Jag hörde Rosalie ropa på mig, sedan slutade hon. Hon försökte inte igen, så jag trodde att allt var bra. Men nu är jag orolig för jag försökte nå henne men kunde inte. Hon har inte svarat på något av mina sms. Jag tycker att vi ska åka och kolla till henne. Bara för säkerhets skull. Det underlättar för mig att veta. Annars kommer jag inte att kunna få något gjort idag."

"Hon kanske tar sovmorgon? Eller så tog hennes telefonbatteri slut." Han drack upp sitt glas apelsinjuice och backade ut från bordet. Han ställde in disken i diskmaskinen.

"Kanske det. Men jag skulle ändå vilja träffa henne."

"Vi åker och hälsar på henne, så att du kan känna dig lugn", sa han medan han ringde efter en taxi. "Jag hoppas att de släpper in oss. Vi är ju trots allt inte släktingar."

De tog sig genom staden och frågade efter Rosalie i receptionen. Kvinnan frågade: "Är ni två släkt?" Båda svarade att de inte var det. "Varsågod och sitt", sa hon.

"Där ser man", viskade Lia. "Hon såg förtegen ut. Som om hon döljer något."

"Ja, jag såg det också. Men vi kanske inbillar oss det för att vi är oroliga för Rosalie. Allt vi kan göra är att vänta och försöka hålla oss sysselsatta. Vi är här och vi rör oss inte förrän vi ser att hon är okej."

Trettio minuter senare satt de fortfarande och väntade. De blev alltmer rastlösa ju längre tiden gick.

Lia ställde sig upp. "Jag kan inte vänta längre."

E-Z sa, "Whoa! Vänta en minut." Hon satte sig ner igen. "Låt oss ge det ytterligare trettio minuter innan vi blir helt galna på dem."

"Vad betyder att gå bärsärkagång?" frågade Lia.

"Åh, jag glömmer hela tiden att du inte är härifrån. Det betyder att man ger sig på något med alla sina vapen i högsta hugg. Som en sista utväg. Det är naturligtvis ett talesätt. Men vissa postanställda har tagit det bokstavligt."

"Om vi hade varit vuxna hade de säkert pratat med oss vid det här laget. Ibland hatar jag att vara ett barn."

"Det har sina fördelar", säger E-Z. "Försök spela ett spel på din telefon eller läs en bok. Det får tiden att gå och de kommer att vara mer hjälpsamma mot oss om vi har tålamod."

"Jag önskar att jag hade tagit med mina hörlurar. Jag kunde ha lyssnat på Taylor Swifts nya låtar."

"Här", sa han. "Du kan låna mina."

Ytterligare trettio minuter gick och E-Z återvände lugnt till disken. Lia stannade kvar och lyssnade på musik. Han tittade bakåt. Hon hade slutna ögon. Hon hade inte ens märkt att han var borta.

"Har du hört något om när vi kan få träffa Rosalie?" frågade han.

"Tyvärr, någon kommer ut för att träffa dig. Hon vet att ni är här och väntar." Kvinnan klickade på sitt tangentbord. När E-Z inte rörde på sig gjorde hon ett nytt försök att få honom att göra det. "Jag talade med min chef personligen. Hon kommer ut för att prata med dig så snart hon kan. Var snäll och gå med din vän." Hon viftade med handen i riktning mot Lia som var upptagen med sin telefon.

E-Z återvände till Lias sida, motvilligt. Han såg hur människor rörde sig runt. Några var boende som gick med rullatorer. Några satt i rullstolar och knuffades av vårdare medan andra själva spelade på sina hjul. De flesta boende log åt hans håll, några vinkade. Han undrade hur många av dem som fick regelbundna besök. Han hoppades att de flesta gjorde det.

När dörrarna öppnades och stängdes nådde lukten av lunch hans näsborrar och hans mage kurrade. Han undrade vilka delikatesser de boende skulle äta idag. Kanske fish and chips. Kanske en liten paj a la mode. Han önskade att han hade ätit en större frukost när Lia lämnade tillbaka hans hörlurar.

"Har du lyckats få fart på saker och ting? Jag är utsvulten!"

"Jag också, men egentligen inte. Hon sa att chefen kommer snart, men jag förstår inte varför Rosalie inte bara kommer ut och träffar oss själv. Vad är grejen med det?"

"Jag känner inte hennes närvaro här", sa Lia. "Det är som om vi har blivit bortkopplade. Musiken hjälpte till att distrahera mig ett tag men nu tänker jag på den igen och är hungrig. Ingen bra kombination."

"Jag hör dig", sa E-Z när en lång kvinna med en General Manager-bricka gick mot dem och presenterade sig.

"Mitt namn är Eleanor Wilkinson och jag är General Manager här." Hon skakade hand med dem. "Jag har förstått att ni två är vänner med Rosalie. Har ni besökt henne här tidigare?"

"Nej, vi har inte varit här", sa Lia. "Men vi är vänner med henne, nära vänner. Och vi är oroliga för henne. Hon svarade inte på mina sms eller på sin telefon."

Ms Wilkinson sa: "Jag är ledsen att behöva berätta det, men Rosalie dog någon gång under natten. Vi väntar på att hennes närmaste anhöriga ska anlända. De bor inte i närheten.

"Jag ber om ursäkt för att du fick vänta så länge. Men jag behövde prata med dem innan jag pratade med dig. Det förstår ni. Vi har riktlinjer att följa."

Lia föll tillbaka i stolen och började snyfta medan E-Z tog hennes hand i sin och de satt tysta i några sekunder innan han frågade: "Vad hände med henne?"

"Det är under utredning", sa Wilkinson. "Ledsen, jag kan inte berätta något mer. Såvida du inte är släkt. Jag beklagar sorgen."

"Hon betydde allt för mig", sa Lia.

"Hur träffade du henne?" Wilkinson frågade. "Hon var en fantastisk kvinna. Älskad av alla." "Vi träffades genom en vän", ljög Lia.

"Intressant", sa Wilkinson, "med tanke på er åldersskillnad."

"Du menar för att jag är ett barn och hon inte är det? Jag menar inte var" frågade Lia argt. Hon ställde sig upp.

"Förlåt, jag menade inte att göra dig upprörd. Naturligtvis skulle många boende här älska att ha vänner att prata med. Särskilt barn med ett intresse som ni, som de kan berätta sina levande historier för. Så att de inte blir bortglömda när de har gått bort."

"Vi kommer alltid att minnas Rosalie", sa E-Z.

"Kan vi träffa henne och säga hej då?" frågade Lia.

"Jag är rädd att det inte kommer på fråga. Vi har våra rutiner. Men om du lämnar din information och ett telefonnummer i receptionen kan vi ringa dig. För att låta dig veta när besöket och begravningen kommer att vara."

E-Z lämnade sitt telefonnummer i receptionen. De skulle precis kliva in i en taxi när han kom ihåg boken.

"Vänta här", sa han. "Jag är strax tillbaka."

Han gick fram till receptionen.

"Jag är ledsen, men vi kan inte acceptera att vår vän Rosalie är död. Inte om inte åtminstone en av oss ser henne. Ms Wilkinson sa att vi inte kunde gå in, men kan jag bara sticka in huvudet i rummet? Jag stannar inte länge. Så jag kan säga till min vän att jag har sett Rosalie och att hon inte längre är med oss? Hon har gått igenom så mycket, med att förlora ögonen och allt. Det skulle underlätta för henne att få veta säkert av någon hon känner och litar på."

"Åh, stackars lilla sak. Jag förstår. Följ med mig", sa kvinnan. När hon var på andra sidan skrivbordet bad hon en kollega att täcka upp för henne. "Jag är strax tillbaka", sa hon.

E-Z följde henne djupare in i hjärtat av äldreboendet. Det var ljust, inte deprimerande som han hade hört att den här typen av hem kunde vara, men väldigt tyst. Förmodligen för att alla åt lunch i kafeterian. Hans mage kurrade igen.

"Alla är i matsalen", sa kvinnan som om hon visste vad han tänkte. "Det är fish and chips-dag med röd jello och vispgrädde till efterrätt. En omåttligt populär måltid som alla vill vara med på. Vilken annan dag som helst skulle det vara omöjligt att släppa in dig eftersom det skulle vara för mycket folk."

"Det luktar verkligen gott," sa E-Z. "Och tack för hjälpen, jag, vi, uppskattar det verkligen."

Hon stannade och drog upp dörren.

"Det här är Rosalies rum. Jag väntar här. Du har två minuter eller mindre på dig om någon ser mig."

"Tack igen", sa E-Z när dörren stängdes bakom honom. Det luktade konstigt, som om det hade varit en brasa. Han tittade runt i rummet efter kameror. Såvitt han visste fanns det inga.

Under det vita lakanet var deras vän täckt från topp till tå. Han kom närmare, kämpade mot lusten att fly, men behövde veta säkert, se det med egna ögon. Han drog tillbaka lakanet och såg hur det föll till golvet som ett spöke.

Omedelbart strömmade en lukt in i hans näsborrar. Som en grillfest. Bränt kött. Och han såg Rosalies arm hänga ner, täckt av brännskador och blåsor. Vad hade hänt med henne? Vem hade gjort detta hemska mot henne, och varför?

Han sköt undan sin stol och såg sig omkring i rummet som var fläckfritt utan några tecken på eldsvåda. Det kunde inte ha hänt här. Om inte, var då? Flyttade de henne till det här rummet efteråt?

Kvinnan vid dörren knackade på. "Skynda er!" sa hon.

Han öppnade hennes nattduksbordslåda. Där låg den. Boken som Rosalie hade berättat om. Den där hon hade skrivit ner informationen om de andra barnen.

"Tiden är ute", sa kvinnan.

E-Z stoppade boken bakom ryggen. Han tryckte på knappen för att öppna dörren och de återvände till receptionen.

"Tack," sa han. "Från min vän och mig. Du har gett oss frid. Vänligen meddela oss när begravningen och besöket kommer att äga rum. Åh, en sak till, jag märkte att hon hade brännskador på kroppen. Blev några andra boende skadade i branden?"

"Oj då", sa kvinnan. "Det vet jag inte. Jag har inte hört något om en brand. Jag har inte sett kroppen, jag menar Rosalie själv. Jag fick bara veta att hon gått bort. Jag vet ingenting om detaljerna."

"Det är okej", försäkrade E-Z henne. "Jag ska inte säga någonting. Jag uppskattar allt du har gjort. Tack för allt."

"Ingen brand inträffade här", sa hon. "Inget larm gick såvitt jag vet. Inga brandbilar tillkallades. Jag. Oj då."

E-Z vinkade och flyttade sig bort från disken. Kvinnan pratade fortfarande för sig själv. Han tänkte att det var bäst för honom att ta sig därifrån.

Chauffören hjälpte E-Z att sätta sig i baksätet bredvid den väntande Lia och stuvade sedan in hans rullstol i bagageutrymmet.

"Det tog en evighet", klagade Lia. "Vad är det där?"

Hon försökte ta tag i boken, men E-Z höll i den. Han märkte att avgiften på mätaren redan var mer pengar än han hade med sig.

"Det kunde inte hjälpas. Jag smygtittade på Rosalie. Och jag tog den här. Det är boken hon berättade om.

Vi kollar upp den när vi kommer hem." Han viskade: "Har du några pengar?"

Tillsammans hade de inte tillräckligt för att täcka taxiavgiften.

"Du får be din mamma eller farbror Sam att hjälpa oss", sa han när chauffören stannade vid huset.

Chauffören hjälpte E-Z tillbaka till stolen medan Lia sprang in. Hon kom ut med tillräckligt med pengar för att täcka biljettpriset och föraren körde iväg.

"Sam gav mig pengarna."

"Frågade han vad de var till?"

"Nej, men jag förväntar mig att han gör det."

Inne i köket stod Sam och Samantha och minglade. De försökte skyndsamt förbereda frukost medan tvillingarna gav dem en serenad med hungriga skrik.

"Varför är du inte i skolan?" frågade Sam.

"Jag förklarar senare. Uh, kan vi hjälpa till?"

"Nej, men tack", sa Samantha. Hon började mata Jack.

Sam nickade och började mata Jill.

E-Z och Lia gick in i hans rum och stängde dörren. Alfred satt och läste tidningen.

"Rosalie är död", utbrast Lia, sedan föll hon på knä och snyftade, medan E-Z lade armen om henne och

Alfred skyndade till hennes sida. De tre kramade om varandra och grät tills de inte hade några tårar kvar.

"Vad är det du har där?" frågade Alfred.

"Jag tog boken."

Lia plockade upp den, ställde sig sedan och höll den mot sitt bröst som om hon kramade sin vän, istället såg hon allt. Rosalie i Det vita rummet. Furierna i Vita rummet med henne. Böcker som brann. Hyllor som föll. Eld överallt.

Lia föll på knä.

"Hon var så modig. Så väldigt modig."

"Såg du elden?" E-Z frågade. "Vad hände?"

"Visste du om branden?"

Han nickade.

"Varför berättade du inte för mig?" Hon visste redan svaret på frågan. Han skyddade henne från sanningen. "När jag rörde vid boken såg jag allt. Rosalie var i Vita rummet. Och Furierna var där med henne. De ville att hon skulle berätta för dem om oss och de andra barnen. De torterade henne, men hon gav inte upp."

"Varför ringde hon inte oss?"

"Hon försökte. Jag visste inte att det handlade om liv eller död. Det försvann, så jag trodde att allt var bra."

"Det är inte ditt fel", sa E-Z.

"Hon dog ensam, under bokhyllorna, med böcker som brann runt omkring henne. Hon förtjänade inte att dö så. Ingen förtjänar att dö på det sättet." Hon snyftade i sina händer.

"Stackars Rosalie", sa han. "Hon kunde ha kallat på mig. Hon har gjort det förut. Varför kallade hon inte på mig?"

"För att hon skulle ha försatt dig i fara. Hon dog när hon skyddade oss."

"Så Furierna försökte få våra namn och namnen på de andra barnen ur henne, och hon offrade sig själv för att rädda oss? För att bevara vår hemlighet. Vilken fantastisk kvinna Rosalie var. Vi kommer aldrig att glömma henne - någonsin", sa Alfred medan han kämpade mot tårarna. "Hon förtjänar en medalj. En hedersmedalj."

"Vänta lite, de kanske blockerade henne från att ringa oss?" sa E-Z.

"Hon skickade ett SOS till mig, men det har hon gjort förut. En gång gjorde hon det när de hade slut på te på hemmet och hon ville prata om det. Jag visste inte att detta SOS betydde att hennes liv var i fara."

"Du kunde inte ha vetat. Det kunde ingen av oss. Vi kan inte klandra oss själva." Alla tre var tysta. "Vänta lite, låt oss titta på boken."

"Den är precis som hon sa att den skulle vara. En komplett lista, med detaljer om alla barn som är som vi. Tack gode Gud att Furierna inte fick tag på den här!"

"Hallå, vänta lite!" sa E-Z. "Bara tanken på att de torterade henne för att ta reda på information om oss och de andra - betyder att Furierna vet att vi alla existerar. Det betyder att de här barnen är där ute, helt ensamma och att de inte ens vet vad som väntar!

"Vi måste ta oss till dem först. För det är bara en tidsfråga innan - hur de än fick reda på oss, dem - listar ut var de är."

"Men tänk om det här är en fälla, så att vi kan leda Furierna direkt till dem?" frågade Alfred.

"Jag tror inte att de vet var de kan hitta oss, annars skulle de väl vara här, eller hur?" frågade E-Z. "Jag menar, de hade överraskningsmomentet. Genom att döda Rosalie har de avslöjat sig. Låtit oss veta att de vet något ... förmodligen för att komma åt oss eftersom vi bestämmer.""De andra barnen då?" frågade Lia. "Hur ska vi kunna nå dem utan att avslöja oss själva?"

"Hadz? Reiki?" E-Z ropade. "Om du kan höra mig så behöver vi din input och din hjälp."

POP.

POP.

"Vet ni något om Rosalie?" frågade han.

"Ja, det gör vi, och det är en sorglig, sorglig historia att berätta", sa Hadz och torkade bort tårar med sina vingar. "De torterade här i Vita rummet. Och som om det inte var illa nog - de förstörde det totalt och allt i det. Alla dessa vackra, bevingade böcker - borta. Rosalie, borta. Borta." Hon kunde inte prata längre på grund av snyftningarna.

"Såja, såja", sa Reiki. "Och det är inte allt. Vi vet inte vad som hände med Rosalies själ."

"Vänta, hennes kropp ligger i sängen i hennes rum på andra sidan stan på äldreboendet. Kanske är hennes själ där med henne?" frågade E-Z.

Reiki sa: "Har du något förseglat, stängt ute, från luften, från allt? Om ja, var snäll och gå och hämta det omedelbart - sedan går vi och ser om Rosalies själ är med henne. Vi övertalar den att gå in i behållaren - tillfälligt - tills vi vet var hennes själsfångare är. Jag hoppas verkligen att furierna inte har tagit den."

E-Z rusade ut i köket, där Sam och Samantha var upptagna med att mata tvillingarna. "Har vi kvar den stora termosen?"

"Ja, den står i skåpet ovanför kylskåpet", sa Sam och gosade med sin son.

"Tack", sa E-Z när han gick tillbaka till sitt rum. "Räcker det här?"

Det krävdes båda två för att bära behållaren.

"Vänta!" Alfred ropade, precis i tid för att fånga dem innan Hadz och Reiki dök upp. "Jag kanske kan hjälpa till? Jag har helande krafter. Ta mig med dig. Låt mig försöka. Snälla."

POP

POP

FUNKLER

Och de tre försvann och landade i Rosalies rum.

"Där är hon", sa Alfred och hoppade upp på sängen, noga med att inte trampa på henne med sina simhudsfötter. Med hjälp av sin näbb lyfte han på lakanet, medan Hadz och Reiki svävade i närheten.

"Vad tänker han göra?" frågade Reiki.

"Shhhh", sa Hadz.

Alfred placerade sin näbb på Rosalies panna och rörde vid hennes hjärta med en av sina vingar. Ingenting hände.

"Låt mig prova något annat", sa svanen. Den här gången svävade han över Rosalies kropp, med pannan tryckt mot hennes. Återigen ingenting.

"Du har gjort ditt bästa", sa Hadz, "nu måste vi säkra hennes själ. Kom ut, kom ut var du än är."

Och bara så där drev Rosalies själ mot dem.

"Du är säker här inne", sa Reiki, medan själen lockades in i behållaren och locket stängdes ordentligt.

POP.

POP.

FZZLE.

"Kunde du hjälpa henne?" Lia frågade, men hon visste redan svaret genom blicken i Alfreds ögon. Hon kramade honom, "Jag är säker på att du gjorde ditt allra bästa."

"Det gjorde han verkligen," sa Hadz.

"Hennes själ är dock i säkerhet här...ingen får öppna den. Den måste förvaras säkert tills själafångaren är redo att ta den."

"Du kanske borde ha den med dig?" sa Alfred. "Och tack för att jag fick försöka."

I E-Z:s rum formulerade De tre en plan för att föra samman de andra barnen. Det bestämdes att E-Z skulle resa till Australien för Lachie - även känd som Pojken i lådan. Alfred skulle flyga till Japan, där han skulle hämta Haruto, pojken som hade övergivits i skogen. Sist, men inte minst, skulle Lia resa genom USA för att hämta Brandy, flickan som kunde komma tillbaka till livet igen.

Deras uppdrag var tydliga - vad de skulle göra när de kom dit var det inte. De andra var i olika åldrar, från olika kulturer och talade olika språk. Vissa skulle behöva tillstånd från sina föräldrar, andra inte.

"Jag undrar vad Rosalie berättade för dem om oss?" frågade Lia.

"Vi kan fråga dem när vi träffar dem", föreslog Alfred.

"Under tiden har vi väskor att packa och planering att göra. Jag tar mig dit i min stol, men ni två har alternativ. Bestäm vad som fungerar bäst för er och sätt er plan i verket. Jag litar på att ni fattar rätt beslut och tiden tickar."

"Jag är glad att du sa det", sa Lia, "för jag är inte säker på om jag vill flyga dit med ett plan. Jag tänker att Little Dorrit kanske är det bästa alternativet, men jag är inte säker på att hon kommer att gilla det. Hon kommer att flyga ut med en passagerare och komma tillbaka med två."

"Jag är inte heller säker", sa Alfred. "Jag skulle kunna flyga dit självmant - men eftersom Haruto är ganska ung skulle jag behöva följa med honom på planet - om inte hans föräldrar också följde med. Dessutom måste jag oroa mig för dåligt väder - och det är en lång väg."

"Som jag sa, ni två får bestämma vad som är bäst för er. Alfred, om du bestämmer dig för att flyga med ett plan - be Uncle Sam att ordna detaljerna åt dig."

De tre förberedde sig för att samla alla barnen. Sedan skulle de planera - att besegra de elaka Furierna. Även om det var den sista planen de någonsin gjorde.

KAPITEL 1

AUSTRALIA

E-Z VAR DEN FÖRSTA i teamet som lämnade Nordamerika. Han flög över himlen i sin rullstol och njöt av friheten som den öppna luften tillät.

Bara tanken på att förvara sin rullstol på ett flygplan gav honom kalla kårar. Tänk om den skulle komma bort? Eller förstöras? Det var inte en risk värd att ta. Skulle Batman överge sin Batmobil? Aldrig i livet.

Men han var ganska säker på att han skulle behöva ta ett plan tillbaka med Lachie. Det vore inte rätt att låta grabben flyga själv. Kanske skulle de göra ett undantag för honom och låta honom flyga i sin rullstol? Det skulle vara värt att fråga. Han skulle korsa den bron när han kom till den. Dessutom ville han inte ens tänka på flygplansmaten. Tack och lov att han hade en lunchlåda med sig nu.

Han lekte dodgems med molnen - och en eller två gånger gick han rakt igenom dem. Men han var tvungen att fokusera. Australien låg trots allt på andra sidan jorden.

Rosalies anteckningar om pojken i lådan var inte så hjälpsamma som han hoppats att de skulle vara. Han hade läst om hans historia på internet. Det som stod ut mest för honom var att pojken nu föredrog djur framför människor. Det var logiskt efter allt han hade gått igenom.

Den stackars pojken var så förvirrad när de hittade honom att han hade glömt bort hur man pratar. E-Z visste att det fanns grymhet i världen, men det här var obeskrivligt.

E-Z hade många frågor som han hoppades få svar på, till exempel var fanns Lachies föräldrar? Vem matade och rengjorde hans bur? Vem satte in honom där? Och varför?

I artikeln stod det att de skickat ut reportrar för att ta bilder på pojken, för att se hur han mådde, men djuren lät dem inte komma nära. Även när de försökte använda ett teleobjektiv. Skatorna attackerade och bombarderade dem. Han tittade på några klipp med skataattacker - det var som något ur Hitchcock-filmen Fåglarna. Till slut flög en av skatorna iväg med reporterns objektiv. Efter det lämnade de pojken ifred.

E-Z hoppades att han skulle kunna vinna pojkens förtroende. Och att hans djurvänner också skulle lita på honom. Om inte, skulle hans resa vara meningslös. Ja, inte riktigt meningslös om han träffade och pratade med pojken. Skulle han vilja hjälpa andra efter hur han hade blivit behandlad? Det kunde bara tiden utvisa.

Han flög över Atlanten. Han hade flugit den rutten förut, och det var där han hade träffat Alfred för första gången. Telefonen i fickan vibrerade - han tittade och det var ett meddelande från Lia.

"Jag ville bara meddela att jag reser med Little Dorrit."

"Du bestämde dig för att inte flyga - i ett plan - trots allt?"

"Lilla Dorrit dök upp och hon är med på mitt schema."

"Låter som en bra plan." Han skickade en tummen upp-emoji.

"Var är du?" frågade hon.

"Precis över Atlanten. Vatten, vatten och mer vatten."

De kopplade ner och han ökade takten, korsade Afrika där han fick syn på Robben Island - fängelset där de hade hållit Nelson Mandela i nästan trettio år.

Magen kurrade och han hade inte mycket till övers för smörgåsen i ryggsäcken. Så han landade i Kapstaden och hoppades att han kunde använda sitt bankkort för att få något att äta. Han fick syn på en skylt till ett ställe som sålde "Traditional Fish and Chips" med en brittisk flagga och de accepterade bankkort. Han tog med sig sin tillagade måltid och flög upp till toppen av Lion's Head. När han hade ätit klart sin måltid, som var utsökt, tog han en selfie och fortsatte sedan sin resa.

"Väck mig om två timmar", sa han till sin rullstol som vibrerade och sedan satte fart. När han vaknade igen hade han korsat Indiska oceanen. Den enorma mängden stjärnor runt omkring honom fick honom på något sätt att känna sig mindre ensam. Han reste vidare och kände sig triumferande över att han nästan var framme när han såg solen vid horisonten ta sig upp mot himlen för att inleda den nya dagen.

Sedan var det där, precis framför honom - Australiens kust. Upphetsad över att få se det själv ökade han farten och körde mot det. Han insåg att han var mycket törstig och tog upp en vattenflaska ur ryggsäcken som han tömde. Han lade tillbaka den tomma flaskan i sin väska för att slänga den senare, och även om han fortfarande var ganska mätt på den fish and chips han hade ätit tidigare. Han bestämde sig för att äta den skinka- och ostsmörgås som farbror Sam hade packat.

Han flög över västra Australien och kände nu värmen och tog av sig sin sweatshirt och lade den i ryggsäcken. Han fortsatte in i The Outback i Northern Territory och undrade exakt var han skulle landa när en liten fågel med fjädrar i blå nyanser och med en svart ring runt halsen flög mot honom.

"Följ mig, E-Z", sa hon. "Jag har letat efter dig."

"Uh, vad är du?" frågade han.

"Jag är en gärdsmyg", sa hon. "Kom igen, han väntar."

En grupp ormvråkar följde med dem.

"Oroa dig inte", sa älvgamman. "De är våra eskorter."

Han observerade den unika form som de svartbröstade ormvråkarnas vita ränder rörde sig i. Han hade hört talas om poesi i rörelse, nu visste han exakt vad den frasen betydde.

Sedan fick han syn på pojken. Han var nedanför dem och vinkade. E-Z vinkade tillbaka. Förutom det faktum att han satt på ryggen av en exceptionellt stor fågel såg han ut som vilken annan unge som helst.

"Välkommen till Australien", sa han. "Det blir snart mörkt, så följ mig. Och förresten, du kan kalla mig Lachie."

"Trevligt att träffas Lachie! Jag kan inte vänta med att få se mer av ert fantastiska land. Önskar bara att jag kunde stanna längre."

"Det här är Savannens skogsmarker", sa pojken. "Andas in djupt så kommer du att känna doften av eukalyptus."

"Ja, det luktar underbart", sa E-Z.

De reste vidare, genom stenland, över flodslätter och billabongs. Till slut nådde de sitt mål i The Outliers.

"Det är här jag bor", sa pojken. "Kakadu National Park är Australiens största landbaserade nationalpark med över 20.000 kvadratkilometer land. Jag bor här med växterna och djuren." Gärdsmygen landade på hans huvud. "Åh, du är trött igen", sa pojken med ett leende. Sedan till E-Z: "Hon behöver ofta lift."

När de kom fram till ett område som liknade en campingplats sa pojken: "Välkommen till mitt hem."

"Tack så mycket", sa E-Z. "Jag skulle verkligen behöva en dusch, eller ett bad och jag måste kissa."

"Jag har grävt ut en dunny, där borta bakom trädet. Där är du tillräckligt säker. Sedan ska jag visa dig var vattenfallet är, så att du kan tvätta av dig."

"Ett vattenfall, va? Finns det några krokodiler där?"

"Det finns krokodiler här...men de är vana vid att jag använder vattenfallet. Jag kan följa med dig första gången om du vill?"

"Nej, jag har vingar och det har min stol också. Vi flyger iväg om vi hör några kraftiga stänk!"

"Goodo", sa den yngsta. "Håll dig bara svävande i det fallande vattnet - landa inte - så går det bra. Under tiden ska jag samla ihop lite mat till middagen. Om du behöver hjälp är det bara att ropa så kommer jag springande."

När han närmade sig vattenfallet lade han märke till skyltar - och många av dem med FARA och VARNING på. På en stod det att det fanns både saltvattens- och sötvattenskrokodiler i närheten. Usch.

"Upp, till toppen!" sa han till sin stol. Han gick rakt ner i vattnet med ansiktet före och satt där och njöt medan vattnet föll över och runt honom. Det var kallt först, men när han vant sig vid det kändes det bra.

När han såg sig omkring tänkte han på emun som pojken hade träffat honom på. Det verkade konstigt att en fågel av den storleken - med de enorma vingarna - inte kunde flyga. Han läste om fåglar som inte kunde flyga på nätet. Han blev förvånad över att se kiwis, tillsammans med emuer, strutsar, pingviner, kasuarer och reor på listan. Han läste på nätet att ratiternas DNA hade förändrats så att de nu inte kunde flyga. Han kände sig lite skyldig till att han, en pojke, kunde flyga när de vackra fåglarna inte kunde det.

När han var ren och hade nya kläder på sig gick han tillbaka till pojken, som var i full färd med att förbereda deras måltid.

"Det här är ett plommon från en bock."

E-Z tog en tugga. Det smakade fantastiskt.

"Det här är ett rött buskäpple, och det här är svarta vinbär."

E-Z åt allt och älskade det.

"Det var vår efterrätt, nu måste jag förbereda huvudrätten." Pojken grävde och grävde och fick sedan upp en gryta som var för varm för att han skulle kunna hantera den. När han tog bort locket med en pinne fick doften av det han hade tillagat E-Z:s mun att vattnas.

"Det här är musslor", sa pojken och lade några på ett blad.

"De är verkligen goda. Jag har aldrig smakat musslor förut."

Solen höll på att falla ner från himlen. "Dags att sova", sa pojken.

"Tack igen för att du fick mig att känna mig så välkommen." E-Z gäspade. Fram till dess hade han inte insett hur länge han hade varit vaken.

"Du ska sova där uppe", sa han och pekade upp mot ett träd där det fanns en trädkoja och en repstege som ledde ner. "Du kan flyga upp och sätta på bromsen så att du inte rör dig i sömnen. Mitt rum är där borta", han pekade på ett annat träd med ett rep som ledde ner och en trädkoja i toppen.

"Sov nu", sa Lachie. "Vi löser allt på morgonen.

KAPITEL 2

JAPAN

ALFRED KUNDE HA BLIVIT avsläppt av E-Z på sin väg till Australien. Istället bestämde han sig för att flyga på det traditionella mänskliga sättet - i ett flygplan.

Det krävdes en del förhandlingar från Sams sida för att övertyga flygbolagen om att ge trumpetsvanen en sittplats. För att inte tala om en i förskott i första klass. Sam använde sina kontakter på jobbet för att hjälpa Alfred att resa med stil.

I kabinen med hörlurar och sin turfluga kände sig Alfred som hemma. Han var avslappnad och kabinpersonalen var uppmärksam. Ändå kunde han inte vänta med att komma fram till Japan. Och att få träffa pojken som hette Haruto.

Alfred hade stuvat undan sin ryggsäck i närheten och i den hade han några snacks. Han väntade tills han var riktigt hungrig innan han tog för sig av påsarna med vildris och vild selleri. Tillsammans med maten hade han ett reservbatteri till sin telefon och Sams kreditkort med en fullmakt för honom att använda det.

Medan han tittade ut genom fönstret och molnen flög förbi tänkte han på Haruto. Enligt Rosalies anteckningar var han mycket yngre än de andra barnen. Och hon hade ingen aning om vilka hans krafter var - om han nu hade några krafter.

Alfreds plan var att förklara allt för Harutos föräldrar först, och förhoppningsvis få dem med på noterna. Sedan skulle han gå in på mer detaljer om hur Haruto kunde hjälpa till, när han bekräftat sitt expertområde, dvs. vilka krafter han hade.

Den svåra delen skulle vara att övertyga dem om att låta sin unge son resa utomlands. Betalningen var inget problem - Sam sa att han skulle använda sitt kreditkort för det. Men att få dem att gå med på att låta en svan ta deras barn till Nordamerika, det skulle kräva en del övertygelse.

Han lutade sig tillbaka i sätet och det lutade sig bakåt.

"Vill du ha något?" frågade den vackra flygvärdinnan.

Det var bra att människor kunde förstå honom nu. Det gjorde hans liv så mycket enklare eftersom ingen översättare behövdes.

"En kopp te skulle sitta fint", sa Alfred. "I en skål", tillade han. "Det är svårt att få in den här näbben i en tekopp."

Betjänten log. En stund senare kom hon tillbaka med en skål, en tepåse, socker, mjölk och en annan skål med kallare vatten. "Ifall teet är för varmt", sa hon.

"Mycket omtänksamt", sa Alfred.

Han lät teet svalna och fortsatte att titta ut genom fönstret. Det var så skönt att kunna luta sig tillbaka och njuta av utsikten. Utan att behöva oroa sig för stora vindbyar, snö, regn eller rovdjur.

Till slut drack han sitt te med lite mjölk och socker och somnade sedan.

Han vaknade av ett meddelande om att kabinpersonalen förberedde passagerarna för landning. Han hade sovit under hela flygningen!

Genom fönstret hade han full utsikt över Hanedas flygplats. Runt omkring såg han massor av färskt gräs som han kunde äta. Han smakade lite och sparade riset och sellerin till senare.

Längre bort skymtade konturerna av Japans högsta berg - Fuji. Sam hade haft rätt, att sitta på vänster sida av planet var den bästa platsen för att se det som var känt som Japans hjärta.

"Visste du att det finns ett observationsdäck på femte våningen? Därifrån kanske du får en bättre utsikt över Fujiberget", säger flygvärdinnan till Alfred.

"Jag önskar att jag hade mer tid, men tack. Kanske på vägen tillbaka."

Flygvärdinnorna lät honom lämna planet först. De köade för att ta farväl, som om han vore en rockstjärna.

Eftersom Alfred bara hade sin handbagageväska och svanar inte kan få pass, gick han ut från flygplatsen för att hitta en taxi.

Innan resan hade han letat på nätet för att ta reda på hur man hyr en taxi i Japan. Enligt informationen skulle han leta efter en röd dekal längst ner i högra hörnet på taxibilarnas vindrutor. Denna röda dekal bekräftade att taxin var tillgänglig för uthyrning.

När han hittade en taxi med klistermärket blev han så glad. Han flög upp till det öppna fönstret och gav föraren en lapp med hjälp av sin näbb. Lappen angav vart han behövde åka. Föraren var snäll och han hade inget emot att transportera en svanpassagerare. Han tryckte på en knapp på ratten som öppnade bakdörren så att Alfred kunde kliva in. Föraren stängde dörren och de åkte iväg.

Haruto och hans familj bodde i Japans näst största stad Yokohama. Även om han försökte ta in sevärdheterna, inklusive skyline allt han kunde tänka på var hur han skulle övertyga Haruto och hans familj att engagera sig i deras kamp mot The Furies.

Telefonen i hans ryggsäck vibrerade. Han sträckte sig inåt; det var ett meddelande från E-Z.

"Med Lachie nu. Hur är det med dig i Japan?"

Han skrev med näbben, en färdighet han hade lärt sig själv eftersom han hade rest till Japan ensam. Han var också snabb och gjorde inte många stavfel.

"Nästan framme i Yokohama nu i en taxi. Hoppas komma fram till Harutos hus snart."

E-Z skickade honom en tummen upp-emoji.

Alfreds son hade älskat att bygga Gundam-robotar. I Yokohama höll man på att bygga en jätterobot. När den var klar skulle den vara 59 fot hög, upptäckte han när han läste om den på nätet. Hans son skulle ha älskat att besöka Japan för att se den. Sedan de dog har Alfred försökt att inte tänka på dem eftersom det gjorde honom ledsen. Men idag, här i Japan, bestämde han sig för att se allt han kunde, som om hans familj var där med honom vid hans sida. Livet var för kort, även för en svan att vara ledsen hela tiden.

Chauffören stannade utanför ett trädgårdshus med trappor med blommor på båda sidor om räcket. Föraren öppnade sin dörr och Alfred klev ut. Han gick uppför några trappor, stannade till och åt av gräset som fanns i överflöd på båda sidor om trappan. Luften var sval och väldoftande och den privata trädgården på framsidan av huset var vacker. När han nästan nått toppen lade han märke till att framsidan av huset var mycket inbjudande, med ett ugglevattenspel till vänster nära entrén. Men själva huset hade alla persienner neddragna som om ingen var hemma. Han hoppades verkligen att någon skulle vara där och hälsa på honom. Han var sugen på en bit mat och lite vila.

Han knackade på dörren med sin näbb. En röst hördes från en låda nära mitten av dörren som han inte kunde nå utan att flyga - vilket han gjorde.

"Mitt namn är Alfred", sa han.

Dörren öppnades och en äldre kvinna vinkade in honom. Han följde henne och undrade om någon i teamet hade kontaktat familjen för att presentera sig inför hans ankomst.

Han fortsatte att följa efter henne, eftersom ljudet av hans simhudsfötter som slog i trägolven var det enda ljud som hördes. Husets interiör var full av trä - och doftande orkidéer fyllde luften. Den äldre kvinnan ledde honom till vardagsrummet, som var fyllt med möbler, mestadels i läder. Persiennerna på baksidan av huset var öppna - han tog in utsikten över den lummiga grönskan i trädgården. Hon pekade på en stol och han satte sig i den.

Han hade precis hunnit sätta sig till rätta när kvinnan återvände till rummet med en bricka fylld med rykande hett te och några kakor. Det var nästan som om hon hade väntat på honom - antingen det eller så tar det mycket kortare tid för vattenkokare att koka i Japan.

Bakom henne stod en liten pojke som höll fast i hennes ben och gömde sig bakom det. Pojken var i rätt ålder för att vara Haruto, men jag hade läst att man inte skulle kalla en japan vid förnamn utan att ha fått tillåtelse till det. Då och då tittade pojken på Alfred och gömde sig sedan igen. Han såg ut att vara fyra eller fem år gammal och hade på sig en Optimus Prime t-shirt, kortbyxor och tofflor på fötterna.

"Gillar du Optimus Prime?" frågade Alfred.

Pojken log och återvände sedan till sitt gömställe.

Kvinnan skrämde bort honom så att hon kunde servera teet.

Alfred hade en översättare inställd på sin telefon. Han läste orden "hej" på skärmen och sa: "Kon'nichiwa." Han bad om ursäkt för sitt dåliga uttal.

"Han är britt", sa pojken, och när han gjorde det tutade den äldre kvinnan.

Alfred blev förvånad över hur bra den unge pojken talade engelska. "Ah, du talar engelska. Och ja, det är jag. Du är smart som har lagt märke till min accent."

Pojken tittade på kvinnan innan han talade den här gången. Hon nickade.

"Far och mor är på jobbet", sa han. "Det här är min Sobo" (som översatt betyder mormor) "och jag heter Haruto."

"Hello", sade kvinnan, också på engelska. "Du borde komma tillbaka senare."

"Mitt namn är Alfred. Får jag kalla dig Haruto?" Pojken nickade och sedan till kvinnan: "Vad ska jag kalla dig?"

"Sobo", sa hon, "alla kallar mig Sobo eftersom jag är Harutos mormor är jag allas mormor. Han är glad över att dela mig."

Alfred nickade, "Jag är mycket glad att få träffa er båda."

"Har Rosalie skickat dig?" frågade pojken.

"Minns du Rosalie?" frågade Alfred. Han var jätteglad över att de hade den här kontakten - även om det hade kunnat bespara honom en del oro att veta i förväg att Haruto kunde tala engelska. Han bestämde sig ändå för att följa kvinnans råd och reste sig för att gå.

"Min pappa arbetar i närheten", sa Haruto.

"Jag måste hitta någonstans att bo. Kan du rekommendera ett ställe i närheten?"

Harutos mormor gav Alfred en adress och en vägbeskrivning för att ta sig dit till fots.

"Jag ska ringa vår vän som driver hotellet. Han hjälper dig att komma i ordning och du kan göra min son sällskap senare på kaféet."

"Tack så mycket", sa Alfred.

Promenaden till hotellet var kort och han njöt av den friska luften. Han smakade till och med lite japanskt gräs som smakade ganska bra och tog några klunkar från fontäner också.

Rummet var litet men hade allt han behövde, och det var exceptionellt rent och välutrustat. På nattduksbordet stod en lampa vars bas hade formen av en uggla. Han tände och släckte den och lade märke till hur ögonen lyste upp. Han tog en dusch, bytte till en annan fluga och gick sedan till kaféet där han skulle träffa Harutos far.

Hans telefon surrade; det var ett meddelande från E-Z igen.

"Hur är det i Japan?"

"Trevligt", skrev han tillbaka och använde sin näbb för att skriva. "Jag träffade Haruto och hans mormor. De talar engelska. Han är väldigt blyg, men kände Rosalie. Han var märkbart ung - kanske fyra eller fem år. Det kan bli svårt att övertyga hans familj om att låta honom komma till Nordamerika."

"Rosalie visste att han hade krafter - men ja, det är yngre än jag trodde att han skulle vara", säger E-Z. "Det är bra att de talar engelska. Var är du nu?"

"Jag är på väg till ett café för att träffa Harutos pappa. Förresten tror jag inte att Rosalie hade tid att uppdatera eller komplettera sina anteckningar om Haruto. Hon refererade till honom som en bebis."

"Jag är inte säker på hur oroliga vi ska vara i det här skedet, men jag läste på nätet - det stod att Furierna kan anta vilken form som helst. Jag delar bara med mig av informationen. Eftersom vi inte kan känna igen dem måste vi vara försiktiga om de får reda på något om oss."

Alfred skickade en tummen upp-emoji.

"Jag måste gå nu", sa E-Z.

KAPITEL 3
DÅLIGA DRÖMMAR

E-Z SOV OCH VAR vaken. Han kunde se taket ovanför sin säng och känna hur madrassen stödde hans rygg. Ändå skrek tre banshees i hans huvud:

"Berätta var du är!"

"Berätta för oss!"

"Berätta NU!"

"Nej, nej, nej!" skrek han.

Ovanför hans huvud i taket fanns sedan en spegel. Men personen i spegeln, som reflekterades tillbaka på honom, var inte han själv. Istället var det hans farbror Sam. Och i spegelbilden skrek hans farbror Sam och vred sig i smärta.

"Farbror Sam är i vår lya!" skrek den första häxan.

"Och han kommer aldrig ut igen!" skrek de andra två i kör.

Sedan bröt de tre ut i ett skratt som han aldrig hade hört förut. Ljuden var hyenaliknande, gutturala, djuriska.

"Tala!" krävde de onda häxorna och de petade och stötte på farbror Sam som om han vore en köttbit som skulle tillagas innan den bakades.

"E-Z", sa Uncle Sam, med rösten skakande som om hans kropp var i hans spegelbild. "Vad de än vill ha, ge det inte till dem. Oavsett vad de gör mot mig, ge inte efter."

"Om du skadar honom", sa E-Z, "kommer jag, kommer jag..."

"Berätta var du är, var de alla är, så låter vi honom gå", sjöng de tillsammans med en röst som inte skulle ha verkat malplacerad i Hades.

"Allt vi behöver är en ledtråd eller två", sa den andre.

"Berätta för oss vem som är vem", sa den förste.

"Eller så gör vi oss av med du vet vem", sa den tredje.

Sedan skrattade de. Deras röster i hans huvud fick det att göra så ont. Men han drömde bara. Han var tvungen att väcka sig själv - NU.

"Ahhhhhhhhhhhhhhhhhhhhhhhh!" Skrek farbror Sam.

Mer skratt.

E-Z vaknade och insåg snabbt att han var i Australien med Lachie, inte hemma i sin egen säng. Han kollade sin telefon, men hade bara ett streck. Han fortsatte att kolla tills han hade tillräckligt med streck för att ringa Uncle Sam. För att försäkra sig om att han var okej. Att det bara hade varit en mardröm och inget mer.

Nedanför trädkojan kunde han höra Lachie röra på sig. Förmodligen gjorde han frukost. Det var kul att se ynglingens liv. Hur han hade fått ordning på sig själv igen efter allt han hade gått igenom. Människor är ganska anmärkningsvärda.

Det Lachie lagade luktade gott och hans första tanke var att flyga dit och berätta för honom om sin mardröm. Men något i bakhuvudet sa åt honom att hålla det för sig själv - för tillfället. Furierna kunde ju omöjligen veta var han bodde. Var de alla bodde. Han kontrollerade staplarna på sin telefon igen - den här gången inte ens en stapel. Han stoppade ner den i fickan och flög ner.

"Hade du en trevlig tupplur?" frågade Lachie och skedade upp vätska ur en gryta som stod över en eld i en skål.

E-Z tog emot den. "Jag hade en konstig dröm, men annars, ja. Det är trevligt där uppe. Tack för att du var så tillmötesgående."

"Ingen fara. Det finns massor av andar här ute. Och främmande ljud för dig. Om du vill prata om drömmen är du välkommen", sa Lachie.

"Kanske senare."

"Okej, sätt igång och gräv. Jag hoppas att du gillar svamp."

"Jag älskar dem", sa E-Z när han skedade upp en stor mängd av den heta, ångande soppan i munnen. "Den är väldigt god."

"Åh, vänta lite, jag glömde spjället - det är bröd." Han öppnade en aluminiumfolie som låg i mitten av eldstaden och rev den i fjärdedelar och gav E-Z den första delen.

"Det här är det godaste bröd jag någonsin smakat! Hur lärde du dig att laga mat så här?"

"Några lokalbor lärde mig. Kul att du gillar det."

De satt tysta medan solen log mot dem från högt uppe på himlen. E-Z försökte att inte tänka på sin mardröm. Han tog upp telefonen ur fickan och kollade barerna igen. Bara knappt en. Han älskade teknik - när den fungerade.

"Nu när din mage är full ska vi prata om varför du är här", sa Lachie. "Och framför allt, hur jag kan vara till hjälp."

E-Z sa ingenting, istället tittade han på sin telefon igen med ett hoppfullt hjärta. Lachie verkade inte bry sig om det, eftersom han slet bort ännu en bit spjäll. Till slut tog han sig samman igen och fokuserade sin uppmärksamhet på den aktuella frågan.

"Förlåt, mina tankar var en miljon mil bort."

"Det är inget problem. Vill du ha mer dämpare?"

"Nej, det är bra. Så jag skulle vilja veta vad Rosalie berättade för dig om oss tre. Jag menar, Alfred, Lia och jag."

"Ja, hon berättade allt om er tre. Det var som om hon var här med mig och berättade en godnattsaga för mig. Ju mer hon sa, desto mer ville jag träffa dig och hjälpa dig."

"Jag är glad att höra att du vill hjälpa till. Men låt mig berätta mer om detaljerna innan du bestämmer dig. Det kommer inte att bli en lätt resa för någon av oss."

"Jag är inte rädd för en utmaning", sa Lachie. "Vad berättade Rosalie om mig?"

"Ärligt talat berättade hon inte så mycket, men jag läste om dig på nätet. Fick du någonsin reda på vad som hände med dina föräldrar?"

"Nej, och det vill jag inte heller. Jag är lycklig här, självförsörjande. Jag behöver ingen."

"Alla behöver vänner", sa E-Z.

"Kanske det."

"Berättade Rosalie för dig om Furierna?"

"Nej, men hon sa att du skulle kalla på mig en dag, när du behövde min hjälp att bekämpa ondskan. Och hon nämnde The Furies - som jag redan hade hört talas om."

"Verkligen? Vad hörde du? Vad hörde du?" frågade E-Z.

"Ursprungsbefolkningen som jag lär mig något nytt av varje gång jag är med dem, vet allt om The Furies. De har riktat in sig på originalen, försökt straffa dem och driva bort dem från sina marker."

"Lachie reste sig, hällde lite vatten på elden och såg till att den var helt släckt.

"Jag tror att ondskan måste finnas för att det goda ska kunna överleva - men det måste finnas någon form av kod - och de följer ingen kod. Allt de gör är för sin egen självbevarelsedrift och det är inget sätt att leva på."

"Det är kloka ord för en unge i din ålder", sa E-Z. Efter att han sagt det kände han sig lite generad, som om han försökte vara för klok eftersom han var den äldre av de två. "Jag tror att du är sju eller åtta år, har jag rätt?"

"Jag tror det, men min verkliga ålder är jag inte säker på. När de hittade mig hittade de ingen dokumentation som kunde bevisa det. Jag antar att när min röst börjar förändras kommer jag att få en bättre uppfattning." Han skrattade.

"Under tiden kan du välja din egen ålder", föreslog E-Z.

"Precis som jag valde mitt eget namn", sa Lachie. "Hur som helst, vad du än vill att jag ska göra så är jag med."

"Det som händer med The Furies är att de använder internet. Du känner till internet, eller hur?"

"Ja, det gör jag. De har wi-fi på biblioteket. Jag älskar att läsa. Mytologi är ganska coolt. Sci-fi också."

"Furierna använder multiplayerspel online för att fånga barnen. De flesta barn spelar spel, inklusive jag", säger E-Z.

"Spel är tidsfördriv", sa Lachie. "Det är vad lärarna från ursprungsbefolkningen lärde mig. Livet är för kort för att slösas bort med meningslösa distraktioner."

"Men alla älskar spel", sa E-Z. "Jag skulle kunna ge dig siffror för hela världen, men huvudsaken är att Furies drar nytta av detta fenomen. Det är som om varje barn som spelar har gett dem tillgång till deras hjärtan och sinnen."

"Hur då?"

"För att gå upp i nivå i spelet måste du slutföra en lista med uppgifter. Det är det enda sättet att ta sig framåt i spelet. Om du inte gjorde det som krävdes av dig skulle det inte vara någon mening med att spela spelet. Och ändå, det du ombeds göra många gånger är emot lagen i verkliga livet."

"Mot lagen! Som vadå?" frågade Lachie.

"Som att döda."

Lachie skakade på huvudet.

"Det är ett spel, så du gör vad du måste för att komma till nästa nivå."

"Okej, jag tror att jag fattar. Furiernas uppdrag var att straffa dem som begick brott och gick ostraffade.

De vrider på det mandatet för att skada barn som spelar ett imaginärt spel."

"Det stämmer Lachie. Precis så är det. Och när barnen dör stjäl de deras själar."

"Varför då?"

"Har du någonsin hört talas om Soul Catchers?"

"Nej," sa Lachie.

"När du dör har din själ en plats för evig vila. Det kallas en själsfångare. Men det är inte meningen att de här barnen ska dö när furierna tar dem, så det finns ingen själsfångare som väntar på dem."

"Hur vet du allt det här?" frågade Lachie.

"Ärkeänglarna inte bara berättade för mig, utan visade mig. Jag var i min själsfångare några gånger. De kallade mig dit. Jag visste inte ens vad det kallades förrän allt det här kom upp. Det är inte något som människor ska bry sig om. De flesta tror att vi ska till himlen eller helvetet."

"Om din själafångare var redo, och du bara är ett barn, varför är inte deras redo?"

"Bra fråga. En som jag inte hade tänkt på tidigare. Jag antar att jag antog att jag var en speciell omständighet", sa E-Z. "Men jag vet att ärkeänglarna klantade till något. Något som de inte vill prata om.

Kanske är det därför de behöver vår hjälp, för att fixa det här."

"Men hur gör de det? Det är det jag inte fattar."

"De har böjt reglerna och hoppas kunna ta kontroll över alla Soul Catchers. När vi dör är det meningen att våra själar ska gå in i en som väntar på oss när vi dör. Det är inte meningen att de ska kunna överföras. Om de kontrollerar dem alla, har alla själar ingenstans att ta vägen. Det kommer att skapa kaos i livet efter detta. Så, nu när du har hört allt - är du fortfarande med?"

"Ja, absolut. Dessutom finns det inget bättre att göra här ute. Jag borde vara ett intressant äventyr."

"För att vara hundra procent ärlig", sa E-Z, "kommer det inte att bli lätt. Och du kommer att riskera ditt liv tillsammans med resten av oss. Men vi kommer att hålla varandra om ryggen.

"Vi kommer att vinna!"

"Det hoppas jag verkligen, men först måste vi ta reda på hur vi ska ta oss dit. Farbror Sam har några flygbiljetter åt oss. Vad vi behöver göra är att hämta dem på närmaste internationella flygplats. Han har reserverat dem."

"Det behövs inte!" sa Lachie. "Jag har min egen transport." Han stoppade in sina två fingrar i munnen och visslade.

Under några minuter hände ingenting.

"R---R---R---RRRRRRRRRRRRR.""V-v-vad var det där?" frågade E-Z.

Lachie stod alldeles stilla medan träden skiftade och rörde sig i en viskning.

Därefter hörde E-Z vingar flaxa. Av ljudet att döma hade det som kom gigantiska vingar.

Sedan bröt varelsen igenom trädkronorna. Den skulle inte ha varit malplacerad i någon av Harry Potter-filmerna.

"Är det en drake?" frågade E-Z.

"Han är en Aussiedraco", sa Lachie. "Även känd som en pterosaurie så han är lokal." Till draken sa han, "G'day mate", och gick iväg för att hälsa på honom. Den enorma fjälliga varelsen sänkte huvudet. Lachie klappade honom och hoppade sedan upp på hans rygg.

"Kom igen E-Z vad väntar du på?"

"Uh, jag har min egen transport."

Lachie kastade huvudet bakåt och skrattade.

"HAR-HAR-R-R-R-R-R!"

varelsen stämde in.

"Han heter Baby", sa Lachie. "Hoppa på för Baby vill ta dig på en åktur, och vad Baby vill ha, det får Baby."

"Men min stol!"

Baby sträckte ut sin långa hals och plockade upp E-Z. Utan stol kastade han honom på rygg. E-Z tog tag i Lachie medan Baby hoppade upp i luften.

"Se upp för träden!" ropade E-Z.

Lachie och Baby skrattade.

De flög iväg, över mil efter mil av röd sand.

Snart nog kände sig E-Z inte rädd längre.

De flög över flera klippformationer, en som såg ut som Homer Simpson när han låg ner. Därefter såg de Uluru, den enorma röda monoliten.

De tillbringade hela dagen med att flyga över Australien och njuta av sevärdheterna.

"Det är bäst att vi går tillbaka", sa Lachie. "Vi behöver en god natts sömn innan vi åker till Nordamerika och träffar resten av teamet."

"Låter som en plan", sa E-Z, som nu njöt mer och mer av åkturen och önskade att den aldrig skulle ta slut. Han skulle inte falla, han hade vingar om han behövde dem - men en sak visste han säkert, att flyga på Baby var livet.

Han undrade bara var han skulle ha henne när de kom hem igen. Draken var för stor för att få plats i garaget. Det problemet skulle han lösa när han korsade bron. Om han och Lilla Dorrit blev vänner kanske de kunde sova tillsammans?

"Oroa dig inte för mig", sa Baby.

E-Z gjorde en dubbel take.

"Ja, jag kan läsa tankar. Inte hela tiden och inte allas," sa Baby. "Jag ordnar mina egna sovarrangemang. Och när det gäller Lilla Dorrit, så brukar inte enhörningar och drakar komma överens - men jag kan tänka mig att ge det ett försök."

Baby släppte av dem och flög iväg ut i natten.

E-Z kom ihåg det där med Onkel Sam, men han var för trött för att göra något åt det. Han skulle ringa honom på morgonen. Naturligtvis skulle allt bli bra.

KAPITEL 4
AVRESA FRÅN OZ

NäSTA MORGON NäR E-Z och Lachie förberedde sig för sina resor pratade de och lärde känna varandra bättre.

"Jag måste ladda min telefon och ringa min farbror Sam. Jag skulle vilja göra ett pitstop för att göra båda innan vi lämnar Australien."

"Inga problem, jag vill också hämta några förnödenheter. Vi kan göra allt på samma gång. Jag handlar, du kan ladda din telefon och ringa din farbror. Är det något jag borde veta?"

"Bara en konstig dröm jag hade. Det får mig att vilja kolla till honom så att jag inte oroar mig i onödan."

"Det låter bra", sa Lachie medan han ställde undan några matlagningsartiklar så att de var säkra tills han kom tillbaka. "Jag kommer verkligen att sakna det här stället."

"Jag vet, och dina vänner också, men du kommer att få nya vänner och alla kommer att få dig att känna dig som hemma. Dessutom kommer du att vara tillbaka innan du vet ordet av."

"Det är det som oroar mig. Tänk om jag inte vill komma tillbaka? Tänk om jag vänjer mig vid att ha folk omkring mig? Att bli bortskämd med bekvämligheter?" Han gjorde en paus när två skator landade, en på vardera axeln. Fåglarna hackade lätt i hans öron, som om de viskade till honom. Lachie log och de flög iväg.

"Vad sa de?" frågade E-Z.

"Uh, ingenting egentligen. De sa bara att de älskar mig och att de kommer att sakna mig." En korp flög ner och landade på hans axel. "Det här är min kompis Erroll."

"Trevligt att träffas, Erroll", sa E-Z. "Uh, hur blev ni två vänner?"

Lachie skrattade. "Lustigt att du frågar det. Errols har funnits under en mycket lång tid. Faktum är att hans farfar många gånger om var ett husdjur till någon som kanske är din avlägsna släkting. Om du nu är släkt med Charles Dickens?"

E-Z lutade sig fram och nickade. Lachie hade definitivt hans fulla uppmärksamhet nu.

"Charles Dickens hade en korp som husdjur vars namn var Grip. Enligt historier som berättats genom åren var det Grip som inspirerade Edgar Allan Poe att skriva sin mest berömda dikt som heter The Raven."

"Wow, det är så coolt!" utbrast E-Z.

"Fåglar är superintelligenta. Det är även ursprungsbefolkningens äldste som tog mig under sina vingar när jag först anlände till vildmarken. De lärde mig att läsa och skriva och laga mat. De lärde mig också att känna igen och undvika giftiga växter och djur.

"Jag lär mig något varje dag av de varelser jag träffar och pratar med. De säger att förr i tiden kunde alla prata med djur - inte bara jag - men att något förändrades. De tror att det hände i våra hjärnor, men vad som än hände med alla andra hände inte med mig."

"Hur visste de att du var annorlunda?"

"De säger att de har hört talas om mig, när jag föddes och när jag blev pojken i lådan. Innan jag ens var född flög rykten om mig runt världen i viskningar.

De hade väntat på mig, det var vad de sa till mig under en lång tid."

"Hur länge?" frågade E-Z.

"Jag vill inte låta stor i käften, men de säger att Mozart kände till mig - han hade en stare som husdjur och levde på 1600-talet. Det är mer nyligen. Före honom kan det spåras tillbaka till Vergilius år 70 f.Kr. Visste du att han hade en husdjursfluga?"

"Verkligen? En fluga - ett husdjur?"

"Jag har pratat med en buskfluga som var släkt med Vergilius - han hette Leonard, eller Leo förkortat, och han bekräftade allt." Lachie plockade upp en kruka och gömde den i buskarna tillsammans med några andra saker. "Jag har också pratat med en släkting till Andrew Jacksons papegoja. Jacksons fågel hette Pol - det var en gåva till hans fru - och var en hane, men eftersom hans släkting var en hona hette hon Polly. Hon hade ett märkligt sinne för humor!"

"Det låter så. Jag hoppas att vi kan prata mer, men jag måste fråga dig om dina speciella krafter - och vi borde snart ge oss av, om du har stuvat undan allt på ett säkert sätt."

Lachie nickade, "Visst. Nästan redo. Jag behöver bara säkra några saker till. Under tiden kan du väl berätta lite om dig själv först."

"Du har ju redan sett mig och min stol i aktion - ja, vi kan flyga. Min stol har speciella krafter, förutom att flyga kan den också fånga brottslingar och den har en smak för blod. Vi är ett par, min stol och jag, som Batman och hans Batmobil."

"Coolt!" sa Lachie. "Men det är lite konstigt det där med blodet."

"Slösa inte, ha inte, jag vet inte vem som sa det men min stol verkar hålla med. Istället för att låta det droppa ner i marken suger den upp det.

"Vår första räddning var en liten flicka - vi räddade henne från att bli påkörd av ett fordon. Sedan räddade vi ett flygplan fullt med passagerare. Jag vill inte skryta och jag är säker på att du förstår innebörden. Genom att hjälpa andra upptäckte jag att jag är superstark nu, och det är min stol också. Och vi har blivit skottsäkra."

"Menar du att folk har skjutit på er?"

"Ja, vi hade några situationer där vapen var inblandade. Nu är det din tur."

Min mest fantastiska kraft är som du redan har sett - jag kan prata med alla varelser, alla överhuvudtaget.

Faktum är att igår när du trodde att du pratade med Baby, ja, det gjorde du på sätt och vis, men om jag inte var här skulle hon ha pratat rappakalja. Hon kommunicerar med dig, genom mig. Jag är som ett nätverk, ett säkerhetsnätverk. Jag kan stänga av det eller öppna upp det beroende på vad jag bestämmer.

"När jag satt i buren brukade djuren sitta utanför och prata. Ibland trodde jag att de kommunicerade med mig, men sedan tänkte jag att jag kanske höll på att bli galen. En gång flög en kackerlacka in genom gallret i min bur och sa att han kunde hjälpa mig att ta mig ut, om jag ville det.

"Usch, jag hatar kackerlackor. Men jag har aldrig hört talas om flygande kackerlackor."

"De är faktiskt ganska smarta och har en enorm överlevnadsinstinkt - jag menar, de äter vad som helst."

"Synd att de inte åt upp människorna som placerade dig i lådan." E-Z tänkte efter ett ögonblick. "Varför lät du inte honom försöka rädda dig? Jag menar, du hade ju inget att förlora."

"Vad är det gamla talesättet, det är bättre att djävulen vet?"

"Jag förstår det, så du var inte rädd för människorna som höll dig?"

"Det var egentligen ingen låda - det var en bur. Men det låter bättre om de kallar det en låda. Dessutom gjorde de mig aldrig illa. De gav mig mat och vatten. Bytte ut tidningen. Och jag såg aldrig vilka de var eftersom de bar masker."

"Jag förstår inte varför de höll dig där från första början."

"Det tror jag inte att jag någonsin kommer att få veta. Och jag stannade inte kvar för att få några svar när de släppte ut mig."

"Hur gick det till?"

"De ordnade ett rum åt mig i samma hus. De skickade med en trevlig dam som skulle ta hand om mig. Jag gick aldrig utanför huset. Det var för läskigt för mig."

"Kunde du prata? Jag menar, om du var i en bur för alltid, har du då några minnen från förr? Av dina föräldrar?"

"Jag vill inte prata om det. Det förflutna är det förflutna. Jag kan inte förändra det. Jag ser alltid framåt. Men jag föddes inte i en bur. Ibland tror jag att jag minns att jag gick i skolan. Men det kan ha varit en dröm. Ibland är det svårt att se skillnaden mellan de två."

E-Z påminde sig själv om att ringa Uncle Sam.

"Så hur hamnade du här, levde med djur och var hundra procent självförsörjande? Jag antar att du inte saknar människor?"

"Man kan inte sakna det man inte kommer ihåg. När det gäller djuren så valde jag inte dem, de valde mig. De kom till huset, som om de visste att jag inte var i buren längre och de väntade på att jag skulle komma ut. De visste redan att jag kunde prata med dem, förstå dem - men jag visste inte att jag kunde det, förrän jag försökte. Då öppnade sig en hel värld för mig och jag var tvungen att vara en del av den. Jag var inte ensam längre. Det var då de erbjöd sig att ta med mig och hålla mig säker. Nu är du uppdaterad med Lachies historia."

"Det är en fantastisk historia. Så, att prata med djur. Är det något annat du har upptäckt?"

"Ja, det har jag. Men det är ganska nytt."

"Berätta om det för mig."

"Det är bättre om jag visar dig."

"Okej," sa E-Z.

Han såg hur Lachie reste sig upp och gick mot ett närliggande eukalyptusträd. Han stod stilla bredvid trädet i en sekund, sedan klev han fram så att han stod framför trädets tjocka väderbitna stam. Sedan var han borta.

"Vad i?"

Lachie flyttade sig till andra sidan av trädet och sedan tillbaka igen mot stammen.

"Åh, så du är osynlig?"

"Nej, titta närmare." Han tog ett steg bort från trädet. "Fortsätt titta på mina ögon."

E-Z gjorde det, och han kunde se Lachies ögon i trädstammen, men han kunde inte se Lachie. "Vänta lite", sa E-Z. "Jag fattar. Det är kamouflage - du är en kameleont. Wow!"

Lachie skrattade och återvände sedan till sin plats.

"Hur upptäckte du det? Det är en riktigt cool kraft. Du kan smälta in praktiskt taget var som helst och ingen skulle någonsin veta!"

"Efter att ha levt med varelser ett tag - utan att se några människor - kom en dag ett gäng vandrare förbi här. Jag sprang för att klättra upp i ett träd och gömma mig men hade inte tillräckligt med tid - så jag stannade bara mot en trädstam och stod stilla. De gick rakt förbi mig, som om jag inte fanns. Jag kunde inte förstå det. En fågel landade på min axel och en orm kröp upp längs mitt ben. De kunde se mig, men det kunde inte människorna. Det var då jag förstod att jag var en kameleont."

"Hur känns det? Jag menar när du går in i kamouflageläge?"

"Det känns inte som något annorlunda. Det bara händer."

"Coolt. Vill du veta mer om resten av teamet och vilka färdigheter de har?"

Lachie nickade.

"Du kommer att gilla Lia. Hon är seende. Hennes ögon sitter i hennes händer och hon kan se nuet, in i vissa människors sinnen och hon kan skymta framtiden, vad som kommer att hända ibland. Den delen av hennes kraft verkar öka. Naturligtvis är det också en åldersfråga. När vi träffades första gången var hon sju år och nu är hon tolv."

"Det är verkligen coolt," sa Lachie. "Och jag har hört att hennes mamma och din farbror Sam är..."

"Vi kan väl sätta igång. Bara att höra Sams namn får min ångest att växa igen."

"Inga problem", sa Lachie. Han visslade och Baby anlände och de flög till närmaste stad, där Lachie hämtade några saker, E-Z kopplade in sin telefon i laddaren och när den var tillräckligt laddad ringde han omedelbart Sams nummer.

Det var inget svar, istället gick samtalet direkt till Sams röstbrevlåda. Han provade Samanthas telefon och hon svarade direkt. "Hej, det är E-Z, är Uncle Sam tillgänglig?"

"Visst E-Z, bara en sekund." Några viskningar. "Hej där, grabben", sa Sam. "Var är du nu, flyger du över havet än?"

"Jag vill bara kolla att allt är okej med dig", sa E-Z. "Om ja, var snäll och säg kodordet."

"Svampbob Fyrkant", sa farbror Sam.

"Åh, tack gode Gud", sa E-Z. "Jag hade en konstig dröm om att Furierna hade dig."

"Ah, vi har några vänner på besök och vi ska precis sätta oss ner och doppa lite saker i fonduerna. Vi har choklad med frukt, ost och grönsaker och ost med bröd och kött. Det är ett ganska stort urval och vi har flera sorters vin. Tvillingarna har redan lagt sig för natten."

"Uh, det låter..."

"Måste gå E-Z, vi ses snart. Ta hand om dig."

"Min farbror mår bra och de ska ha en fondue - det låter som lite av en fest."

"Vad är en fondue?" frågade Lachie.

"Det är en gryta där man smälter saker och sedan doppar andra saker i det. Som att doppa jordgubbar i choklad och brödbitar i ost. Och du har rätt, de är gifta nu, och de fick tvillingar nyligen, så huset är ganska fullt och bullrigt."

"Åh, det låter jättegott", sa Lachie.

Med E-Z:s telefon fulladdad och Lachies förnödenheter säkert undanstoppade på Babys rygg flög paret ut ur Australien. De chattade medan de åkte. Efter flera timmar utan att ha sett något av intresse och med knorrande magar gjorde de sig redo att landa för mat- och toalettpauser.

"Vi måste ändå landa snart för att äta lunch - dessutom är jag redan utsvulten! Och grattis förresten!"

"Tack! Vi kan stanna till på Hawaii och äta cheeseburgare och pommes frites", föreslog E-Z.

"Jag visste inte att Hawaiianerna specialiserade sig på hamburgare och pommes frites."

"De är en del av USA, så cheeseburgare och pommes frites - för att inte tala om tjocka shakes - är utmärkt traditionell mat för dig att prova och jag garanterar dig, du kommer att älska dem."

"Jag äter inte kött. Kor är också människor."

"De har något vegobaserat, det är fortfarande en cheeseburgare och du kommer att älska den. Du har väl inget emot att dricka komjölk?"

"Nej, det har jag inte."

"Okej stol och Baby - vi går till närmaste cheeseburgerrestaurang som också serverar vegoburgare", föreslog E-Z, medan hans knorrande mage gav sig till känna.

"Framåt!" ropade Lachlan medan Baby letade efter en lämplig plats att landa på.

KAPITEL 5

BRANDY

LIA OCH HENNES ENHÖRNINGSRESENÄR Little Dorrit flög genom molnen.

Lia uppskattade sin flygande följeslagares graciösa men snabba rörelser. Tillsammans uppfann de en lek som hette Hoppa över molnen. Beroende på vilken typ av moln det var hoppade de antingen över det, under det eller genom det. Att gå igenom det var roligast.

"Jag älskar när vi är inne i molnet", säger Lia. "Jag sträcker mig ut för att röra vid det, men det finns ingenting där."

"Det verkar som om vi ska till köpcentret nedanför", sa Lilla Dorrit innan han utförde ett trippelhopp och gick över, sedan under och sedan genom samma moln.

"Weeeeeee!" utbrast Lia.

"Tack, tack", sa enhörningen medan hon pekade nedåt.

"Shopping, va?" sa Lia och kollade in det. Det var ett stort köpcentrum, nästan ett kvarter långt. "Jag hoppas att jag inte behöver så mycket pengar, men mamma gav mig sitt kreditkort ifall jag skulle behöva det."

"Brandy står i gången i mataffären och fyller en kundvagn för att fördriva tiden. Det är bäst att vi skyndar oss, annars kommer hennes mamma snart att leta efter henne", sa enhörningen.

"Det är verkligen coolt, du kan nollställa hennes plats på det sättet. Jag ser fram emot att träffa henne och få veta mer om hennes krafter", sa Lia och lade armarna om Lilla Dorrits hals för att förbereda sig för landningen. "Jag har alltid velat ha en storasyster, så det här kan vara min enda chans."

"Vissla när du behöver mig", sa Lilla Dorrit när Lia klev av, "så möter jag dig här."

Lia gick in i köpcentret genom svängdörrarna. Genast såg hon en flicka som hon hoppades var Brandy som körde en vagn i mataffären. Baserat på Rosalies beskrivning måste det ha varit hon.

Flickan var avslappnat klädd i en grå huvtröja. Den hade delvis dragkedja, men var tillräckligt öppen för att avslöja en röd I Love Music-t-shirt som hon bar under. Hennes svarta jeans hade musiknoter på fickorna. Hennes canvasskor var matchande till t-shirten.

Lia tittade på flickan en stund innan hon gick mot henne. Hon kände sig lite skrämd. Som om hon träffade en kändis. I hennes sinne utstrålade Brandy stil och coolhet.

När Lia närmade sig föreställde hon sig att de skulle bli bästisar en dag snart. De skulle besöka köpcentret tillsammans. Handla kläder tillsammans. Kanske skulle Brandy till och med hjälpa henne att välja några nya helamerikanska kläder.

"Vad stirrar du på, tjejen?" Brandy frågade i en ton som inte var särskilt vänlig eller systerlig. Sedan slog hon bort Lias händer i ett svep.

"Det var väldigt oförskämt", utbrast Lia. "Har ingen lärt dig något hyfs?" Hon vände ryggen åt den coola tjejen. Hon höll andan, räknade till tio och vände sig sedan mot henne igen. "Rosalie skulle skämmas över dig."

"Känner du Rosalie?"

"Ja, jag heter Lia, och jag kan inte se dig utan mina ögon, som är i mina händer." Lia höjde armarna igen.

"Wow!" utbrast Brandy. "Jag trodde att jag var konstig, men tjejen, jag menar, Lia, du tar priset." Hon stoppade händerna i fickorna. "Men alla vänner till Rosalie är vänner till mig."

"Tack," sa Lia. "Kan vi gå någonstans och prata?"

"Jag kan inte säga vad du och jag skulle ha gemensamt - förutom Rosalie", sa tonåringen medan hon knuffade vagnen vidare och lämnade Lia bakom sig.

Lia kämpade emot en snyftning, men lyckades få fram orden: "Vi behöver din hjälp eftersom Rosalie är död."

Brandy stannade och tog ett djupt andetag medan en tår rann nerför hennes kind som hon vände sig om och borstade bort. "Följ mig, tjejen." Hon övergav vagnen med alla föremål i och de gick till ett bås strax innanför gallerian och satte sig ner.

"Jag tar ett glas vatten", sa Lia. "Ingen is, tack."

"Kom igen tjejen, lev farligt. Hon tar en Root Beer Float - och två." När servitrisen hade gått: "Du kommer att älska det, oroa dig inte. Berätta nu mer om varför du är här och berätta vad som hände med den söta damen Rosalie."

"Först, vad berättade Rosalie för dig om mig, om oss?"

"Ingenting. Jag visste vem hon var, och jag visste att hon vakade över mig. Först trodde jag att hon var en ängel eftersom hon kunde prata med mig i mitt huvud, som när jag brukade be som liten. Sedan insåg jag att hon var en riktig person, precis som jag, och nu är hon död. Jag skulle vilja hjälpa till att hitta de som dödade henne - om det är därför du är här, så är jag med. Lustigt nog tror jag att hon är en ängel nu, som fortfarande vakar över mig."

"Jag också", sa Lia. "Exakt."

"Så, hur gick det till?" frågade Brandy. "Om det inte är ett okänsligt ämne att fråga om. Jag tycker alltid att det är bäst att prata om det konstiga som gör oss till dem vi är. Om jag har mina egna konstigheter, lita på mig. Det har alla.

"Min mamma skulle skälla ut mig för att jag ställer en så personlig fråga till dig. Men jag gillar att komma till saken. Har du alltid haft ögon på dina händer? Jag skulle tro att du jagas av journalister och fotografer, folk vill prata med dig, höra och berätta din historia för att sälja tidskrifter och tidningar."

"Åh," sa Lia, "de flesta människor är mer intresserade av fiktiva karaktärer, som Harry Potter, än av riktiga människor. Om Harry Potter var verklig skulle folk undvika honom eller reta honom. Men i hans värld var han hjälten, så hans ärr blev en del av hans berättelse. Det gjorde honom mer mänsklig för oss, så att vi kunde identifiera oss med honom. Men inget barn vill sticka ut, för i den här världen uppskattas inte alltid olikheter.

"Det är lustigt att vi kan relatera till och ha empati med fiktiva karaktärer men inte känna igen de verkliga hjältarna i våra vardagsliv."

"Åh broder", sa Brandy, "du är lite av en bromskloss, eller hur? Det är som att prata med en tjugoåring."

"Förlåt", sa Lia. "Jag gick från sju till tio till tolv på kort tid. Jag fick inte tid att anpassa mig."

"Det är okej", sa Brandy. "Och jag skulle hålla med dig i princip, men sedan Reality Tv började sändas är vi intresserade av vanliga människors liv. Det vill säga vanliga men rika människor som Kardashians. Jag tittar inte på det, men miljontals människor gör det."

Deras drinkar kom. Brandy åt först upp körsbäret på toppen av sin drink och frågade sedan Lia om hon ville ha sin. När Lia sa nej lyfte Brandy av det och stoppade det rakt ner i hennes mun. "Ta en klunk. Om du provar det kommer du definitivt att gilla det."

Lia tog en stor klunk genom sugröret och hennes ansikte lyste upp. "Det är verkligen gott!" Sedan rörde hon om i glassen med sugröret medan hon funderade på vad hon skulle säga härnäst.

"Jag föddes med ögon som fungerade bra. Men en olycka gjorde mig blind, och när jag vaknade upp hade jag de här ögonen och jag hade också vad de kallar synen. Jag kan se vad folk tänker, det var så Rosalie och jag först började prata. Tiden för mig är inte som den är för alla andra, men jag har inte hoppat över några år på ett tag nu. Och när tiden går kan jag ibland se vad som kommer att hända med mig och andra, du vet i framtiden."

"Visste du att Rosalie skulle dö innan det hände?"

"Nej, det gjorde jag inte. Det kommer och går. Ibland fungerar det inte alls. Det är inte hundra procent pålitligt. Jag kan förresten inte läsa dina tankar, om du undrar."

"Bra. Att veta att du kan läsa mina tankar skulle vara väldigt läskigt", sa Brandy och tog en stor klunk som träffade botten av behållaren och gjorde ett "det var allt folk"-ljud. "Jag skulle gärna vilja ha en till, men det ska jag inte", sa hon. "Det är bäst att vara måttfull, för om vi unnar oss saker - saker som vi tror att vi verkligen vill ha hela tiden så kommer vi inte att uppskatta dem lika mycket."

"Mycket klokt", sa Lia. "Du kan få resten av mina om du vill."

"Det vore synd att låta det gå till spillo."

De två flickorna var tysta en stund tills Brandys telefon vibrerade. "Min mamma kommer snart hit för att göra oss sällskap."

"Hur visste hon var vi är?"

"Okej, hon har sina sätt, dvs. en spårare på min telefon."

"Och du har inget emot det?"

Nej. Jag försvann några gånger, men kom alltid tillbaka till köpcentret. För det mesta har hon ingen aning om när jag går. Tills jag ringer och ber henne komma och hämta mig här. Det är oftast hennes första ledtråd, mitt sms eller samtal. Appen gör dock att hon slipper oroa sig för mig. Jag antar att det inte är lätt att ha en dotter som kan dö och komma tillbaka till livet igen."

Brandys mamma anlände och de presenterade sig för varandra. De berättade Rosalies och Lias historier för henne och uppdaterade henne om vad de hade diskuterat hittills.

"Vad planerade ni två flickor?" frågade hon. "Ni ser ut som om ni inte har något bra för er."

"Bara överflödigt socker", sa Brandy och flinade. "Lia var precis på väg att berätta vad de behöver mig till."

"Så du berättade om din återkommande situation?"

"Kortfattat. Jag hade inte kommit till det än mamma, hon berättade precis om olyckan och varför hennes ögon är på hennes händer."

Servitrisen kom över och Brandys mamma beställde en kopp kaffe. Hon återvände omedelbart med en mugg som hon fyllde. "Påfyllning är gratis", sa servitrisen. "Håll bara upp muggen när den är tom, så kommer jag strax och fyller på den igen."

"Tack så mycket", sa Brandys mamma.

"Jag vill gärna höra om det", sa Lia och strök håret bakom örat. Hon älskade hur Brandy och hennes mamma umgicks med varandra. De stod varandra väldigt nära, det märktes på hur de hela tiden rörde vid varandra. Deras närhet fick henne att minnas alla de gånger då hennes mamma arbetade kvällar och helger och hon var tvungen att förlita sig på Hannah, sin barnflicka, för allt. Det var annorlunda nu när de var här och hennes mamma var gift med Sam, men de nya bebisarna verkade ta upp mycket av hennes mammas tid.

Brandy berättade: "Första gången jag dog var jag liten. Det var i den här gallerian. Ena minuten var jag död, nästa levde jag igen. Som jag sa till dig förut, jag hamnar alltid här. Det är så mycket jag älskar det här köpcentret."

"Det var lustigt", sa Lia.

"Jag älskar verkligen att shoppa!"

"Det gör du!" sa Brandys mamma när hennes dotter kallade tillbaka servitrisen och bad om ett glas isvatten.

"Det blir två glas vatten", sa Lia.

Eftersom hon redan var där fyllde servitrisen på Brandys mammas kaffekopp.

Lia kände att det var nu eller aldrig - hon borde komma till saken. Det började bli sent och Little Dorrit väntade.

"E-Z, som är vår ledare, sitter i rullstol och han kan rädda människor, till och med flygplan fulla med passagerare. Han har superstyrka och snabbhet, och både han och hans rullstol har vingar.

"Alfred är en trumpetsvan och han har ESP, plus att han kan väcka människor och varelser till liv igen. Inklusive dig finns det ytterligare två barn som vi kommer att lägga till i gruppen, plus E-Z:s kusin Charles - så det blir sju av oss totalt."

"Ah, lyckliga sju", sa Brandys mamma.

Lia fortsatte: "När du har hört allt, om du går med på att hjälpa oss att bekämpa Furierna, kommer ditt liv att vara i fara. De är tre onda systrar - gudinnor - som dödade Rosalie."

"Onda, va? Att döda Rosalie var en feg handling! Hon hade aldrig skadat en fluga!" sa Brandy.

"Är den här informationen offentlig?" frågade Brandys mamma. "Det låter så fiktivt."

"Varför gjorde de det?" frågade Brandy. "Vad får de för att döda en söt gammal kvinna som Rosalie?"

"De använder sig av barn. Dödar barn", sa Lia.

Både Brandy och hennes mamma slutade dricka.

"Det är svårt att förklara men jag ska göra mitt bästa. När vi dör är våra själar avsedda för våra väntande själsfångare - vår eviga viloplats. Var och en av oss har sin egen unika själsfångare - så vi kan aldrig dö. Våra själar lever vidare. Det är inte den himmel vi föreställde oss, men den är verklig, och furierna dödar oskyldiga barn - och placerar dem i själsfångare som tillhör andra människor.

"Faktum är att när Rosalie dog hade hon ingenstans för sin själ att ta vägen. Lyckligtvis kunde våra vänner Hadz och Reiki - de är wannabe-änglar - fånga Rosalies själ. De håller den säker tills vi eliminerar The Furies och ställer allt till rätta igen med alla själsfångare. När vi har eliminerat dem kommer ärkeänglarna att ta över och fixa röran de har orsakat. Allt kommer att återgå till det normala igen."

"Jag trodde att ärkeänglar var onda", sa Brandy. "Hur vet vi att vi kan lita på dem? Och varför vill vi hjälpa dem?"

"Det är en väldigt stor fråga att ställa till er barn", sa Brandys mamma.

"Det är en väldigt lång historia. En som vi kan berätta för er så småningom. Men just nu måste vi tillbaka till huvudkontoret. Det är vårt hus. När vi alla är under samma tak kan vi förklara allt och komma fram till en plan."

"Jag är med", sa Brandy. "Du hade mig redan när du sa att de dödade Rosalie, men nu när jag vet att de har dödat oskyldiga barn också, låt mig då få se dem." Hon höjde sitt vattenglas och skålade med Lia.

"Vänta", sa Brandys mamma, "om ärkeänglarna inte kan besegra den här saken, hur kan de då förvänta sig att ni barn ska..."

"Mamma", Brandy klappade hennes hand. "Jag är inte som andra barn. Det låter som om vi är ett gäng missanpassade, med speciella förmågor och jag kommer att passa in direkt. Det är inte förvånande att ärkeänglarna ber oss att hjälpa dem.

"Rosalie förde oss samman så att vi kan bilda ett team. Om hon vore här skulle hon vara med oss i teamet. Nu är hon med oss i anden. Tillsammans blir vi en kraft att räkna med.

"Dessutom måste vi se till att Rosalie får tillbaka sin eviga viloplats. Allt händer av en anledning, är det inte alltid du som säger det till mig?"

"Så, vad händer nu?" frågade hennes mamma.

"Vi behöver vara tillsammans och E-Z:s hus är stort nog för oss alla. De andra och Charles Dickens - lång historia - kommer att möta oss där."

"Inte DEN Charles Dickens?"

"Den ende och ende, men han är bara tio år gammal. Han anlände och upptäcktes av två detektorister i London, England. Han har skickats tillbaka till jorden av en anledning. Förutom det faktum att han och E-Z är kusiner. Han är en av oss. Tillsammans ska vi besegra de där systrarna och ställa världen till rätta igen."

"Nu går vi!" sa Brandy. "Mamma har min ryggsäck i bilen, och den innehåller allt nödvändigt. Jag har alltid en väska packad för säkerhets skull. Den har kommit väl till pass ganska många gånger. Jag antar att huset har en tvättmaskin och en torktumlare? Åh, och en hårtork?"

"Ja, ja och ja", sa Lia och sedan visslade hon.

Brandy och hennes mamma höll för öronen. "Vad var det där för?"

"Kom med ut så ska jag presentera dig för min vän Lilla Dorrit - hon är en enhörning - och du kan ta din väska på samma gång." De gick ut genom dörrarna och hon pekade upp mot himlen, där enhörningen var på väg in för landning.

"Vänta lite", sa Brandy, "ska vi åka tvärs över landet på en enhörning?"

Brandys mamma rynkade pannan. Hon kände sig svimfärdig och hennes ben såg ut som överkokt spagetti.

"Kom hit och klappa henne", sa Lia. "Lilla Dorrit, det här är Brandy och hennes mamma."

"Hennes päls är härlig och mjuk", sa Brandys mamma.

"Vill du ha skjuts till din bil?" Frågade Lilla Dorrit.

"Nej, tack", sa Brandys mamma. Sedan sa hon till sin dotter: "Jag vet inte hur jag ska förklara det här för din pappa. Ni kanske ska följa med mig hem, så förklarar vi det tillsammans och bestämmer om ni kan åka..."

"Jag måste åka", sa Brandy. "Det är mitt öde." Hon kramade om sin mamma.

"Skulle det hjälpa om du pratade med min mamma?" Lia frågade, och utan att vänta på svar snabbringde hon till henne, förklarade situationen och lämnade över telefonen till Brandys mamma som pratade med Samantha och sedan lämnade tillbaka telefonen.

Nästa sak de visste var att de tre flög runt parkeringsplatsen i jakt på bilen med människor nedanför som tutade, tog bilder på sina telefoner och stötte på varandra med bilar och trollies.

"Där är den", sa Brandys mamma.

Lilla Dorrit landade och hon gled av. "Vänta här så hämtar jag min dotters väska."

Hon kom tillbaka och kastade upp den till Brandy. "Tack för skjutsen", sa hon till Lilla Dorrit. Till Brandy sa hon: "Brandy, ring hem. Dagligen. Som E.T." Hon gav henne en kyss. Sedan till Lia, "Det var trevligt att träffa dig."

"Detsamma", sa Lia när Little Dorrit lyfte från marken. "Oroa dig inte, vi ska se till att din dotter är i säkerhet."

Brandys mamma såg dem flyga iväg tills hon inte kunde se dem längre. Då hade de nyfikna parkerarna hittat något annat att titta på, så hon satte sig i bilen och körde hemåt.

Hon tog den långa vägen hem. Hon behövde fundera på hur hon skulle förklara allt för Brandys pappa.

KAPITEL 6

HARUTO

Alfred väntade längst fram i kaféet tills ägaren, som hade väntat på en ny kund. Harutos mormor nämnde inte att kunden var en trumpetsvan. När ägaren såg Alfred tog han honom till ett bord långt bak.

Alfred hade inget emot att vara ur vägen. Faktum är att han föredrog det eftersom det fanns en skylt som visade att inga husdjur var tillåtna - inte för att svanar ansågs vara husdjur i Japan eller någon annanstans i världen som han kände till.

Medan han satt tyst och väntade på Harutos pappa använde han kaféets gratis WI-FI och upptäckte några riktigt coola saker om Japans kafékulturer. Precis som i Yokohama fanns det kaféer för kattälskare och ett som hyllade igelkottar.

Femton minuter senare kom en man in på kaféet. Alfred förstod direkt att det var Harutos pappa, eftersom mannen snabbt gick fram till hans bord.

"Naze watashitachiha daidokoro no chikaku ni iru nodesu ka?" frågade han kaféets ägare (vilket översatt betyder: varför är vi nära köket?"

"Kare wa hakuchōdakara!" sa ägaren innan han gick bort från bordet (vilket betyder: Eftersom han är en svan!)

När han återvände några minuter senare med en bricka fylld med Bubble Tea sa ägaren: "Mōshiwakearimasen" (vilket översatt betyder: Jag är ledsen.)

" Ī nda yo," sa Harutos far med ett leende (vilket betyder: Det är okej.)

Alfreds te serverades i en skål som var tillräckligt stor för att han skulle kunna sticka ner näbben i den. Hans te var iskallt - bra eftersom han inte ville bränna tungan eller vänta länge på att det skulle svalna.

"Domo arigato gozaimasu," sa Alfred (vilket översatt betyder: tack så mycket.)

"Iie", svarade Harutos far (vilket översatt betyder: nämn det inte.)

De satt tysta och tittade på varandra medan de smuttade på sina teer en stund.

"Varför är du här?" frågade Harutos far plötsligt. "Min fru är rädd att du vill ta vår son ifrån oss, och du kan inte få honom. Ja, vi hittade honom, men vi är de enda föräldrar han någonsin har känt."

"Oj!" utbrast Alfred. "Ingenting kommer att hända om du inte vill det. Förresten, din sons engelska är utmärkt", sa Alfred. "Liksom er egen."

"Smicker kommer inte att hjälpa dig här. Som jag sa tidigare, du kan inte få min son."

"Om Haruto kunde hjälpa oss att rädda världen? Skulle du fortfarande säga nej?"

"Haruto är bara en pojke. Du är en svan. Vad kan pojkar och svanar göra som män inte kan göra? Du kan inte få honom." Han korsade armarna.

"Tänk om vi inte kan rädda världen utan hans hjälp? Tänk om han vill hjälpa oss?"

"Haruto vet ingenting om livet. Han kan inte hjälpa er. Hitta någon annans son, någon äldre. Någon som har fötts för att rädda världen. Inte en pojke. Inte min pojke, Haruto. Inte idag, imorgon eller någonsin."

"Tänk om vi låter honom bestämma?" sa Alfred. "Efter att jag har förklarat allt, vill säga."

"Berätta allt för mig nu. Och jag skall bestämma vad han skall veta. Men låt mig först fråga er - vad får er att tro att en liten pojke som min son kan hjälpa er?"

"Vi tror att han, precis som vi andra, har gåvor, unika gåvor. Han är inte som andra barn, eller hur? När Rosalie nämnde honom var han fortfarande en baby. Har han åldrats snabbare än andra barn?"

Harutos far skakade på huvudet. "När vi hittade honom för fem år sedan var han en baby. Han har vuxit, som alla barn växer."

"Åh, förlåt. Rosalie hade inte tid att uppdatera eller komplettera sina anteckningar. Men vill du inte att din son ska vara tillsammans med andra barn som är lika begåvade som han? Han skulle vara en av oss, accepterad av oss. Och vi skulle hedra hans gåvor och skydda honom."

"Menar du att jag inte kan skydda min egen son?"

"Nej, sir. Det säger jag inte alls. Jag säger bara att vi behöver honom och kanske, bara kanske, behöver han oss. En pojke som står ensam kan aldrig bli lika stark som en pojke som är medlem i ett lag."

"Han kanske är ensam. Kanske, men han är ung och han kommer att växa ifrån det." Harutos far förblev tyst innan han frågade: "Vad är din gåva och vem är fienden?"

"Jag har helande krafter, för människor och djur - mest för de senare. Jag kan läsa tankar. Lia kan se in i framtiden. E-Z räddar liv. jag kan bota sjuka och läsa tankar. Vi har till och med en superhjältewebbplats, som jag kan visa dig om du vill se allt själv som bevis."

"Jag har redan sett er hemsida", sa Harutos pappa. "Ni är kända som De Tre. Är inte tre av er tillräckligt mäktiga för att ta er an alla fiender ni möter? Hur kan en liten pojke som Haruto hjälpa er? Han kan knappt komma ihåg att borsta tänderna."

"Jag förstår det. Jag hade också en son när jag var människa."

"Var du människa en gång? Vad hände med din son?"

"De dog och jag förvandlades till en svan. Det är en lång och komplicerad historia. Huvudsaken är att vi tills nyligen inte visste att det fanns andra barn. Det var Rosalie. Hon var en fantastisk kvinna, med förmågan att kommunicera med barn i sitt sinne. Hon talade med Lia, Haruto, Brandy och Lachie. Hon förde alla samman och fick betala ett högt pris för det. Furierna dödade henne när hon inte ville avslöja någon information om barnen för dem. Utan Rosalie skulle vi inte veta att de andra existerade och vi skulle inte vara här och vilja skydda din son, eller be om hans hjälp att besegra de onda systrarna.

"Jag skickades för att tala med Haruto och förklara vad vi står inför. Naturligtvis kan han vägra, du kan vägra åt honom - men utan honom kanske vi inte kan besegra de onda gudinnorna som kallas Furierna."

Ägaren bjöd på mer te. Alfred avböjde, men Harutos fars händer darrade något när han lyfte upp sitt nypåfyllda te och smuttade.

"Är Haruto det yngsta barnet?"

Alfred nickade.

"Berätta om de andra två nya rekryterna."

"Brandy dör och återföds. Lachie kan tala och bli förstådd av alla varelser."

"Denna Brandy återföds som sig själv varje gång?" frågade Harutos far.

"Det är vad jag har förstått."

"Hur gammal är hon?"

"Det vet jag inte säkert, men jag tror att hon är tonåring. Varför spelar det någon roll?" frågade Alfred.

"Eftersom Brandy återföds upprepade gånger medan hon fortfarande är människa, har hon fastnat i inlärningsstadiet. Därför kommer hon att trivas bra med andra som är mer avancerade än hon. Hon kommer att lära sig av dem och kanske kommer det att hjälpa henne att nå nästa steg."

Alfred förstod, lite grann, men sa ingenting.

"Min son skulle inte främja Brandys liv, därför kommer jag inte att tillåta honom att vara en del av denna kamp. Jag är ledsen att jag har slösat bort din tid."

"Jag har kommit hela vägen hit - så vad gör det för skada om jag pratar med honom, med dig, din fru och mor närvarande. Ge honom ett val. Låt honom bestämma. Om det inte är rätt för honom, om du tycker att han är för ung eller oförberedd - vi kommer att förstå - men snälla låt oss åtminstone prata med honom om det. Se hur mycket han kan förstå. Låt honom vara den som säger nej - sedan går jag tillbaka till planet och du kommer aldrig att se mig igen."

"Du är en svan och du flyger med ett flygplan?" skrattade han högt. Andra kafébesökare hakade på även om de inte hade en aning om varför han skrattade. De skrattade eftersom ljudet av Harutos pappas skratt var smittsamt.

"Berätta för mig vad ditt lag tänker göra och varför. Sedan bestämmer jag. Om du kan övertyga mig, så kanske jag låter dig försöka övertyga Haruto."

"När vi dör lämnar våra själar våra kroppar och går till sin eviga vila i vad som kallas en själsfångare. Jag vet att detta skiljer sig från vad vi tror, men det är sant. Furierna har dödat barn - barn som spelar dataspel - och sedan lagt deras själar i själsfångare som är avsedda för andra själar. När andra dör finns det ingenstans för deras själar att ta vägen."

Harutos far var tyst en liten stund.

"Om han vill, min son, kommer Haruto att hjälpa till. Han kommer att berätta för dig vad hans talang är. Han kommer att berätta vad han vill att du ska veta, och han kommer att bestämma."

"Tack," sade Alfred.

De reste sig, lämnade kaféet och begav sig till Harutos hem. När de kom fram serverades middag direkt och alla informerades om uppdraget.

"Vad händer med de andra själarna? Om de inte har någonstans att ta vägen?" Haruto frågade, lade ner sina ätpinnar och tog en klunk vatten.

"Det vet vi inte med säkerhet", svarade Alfred. Han kastade en blick på Harutos far som nickade. "Men Rosalie. Minns du Rosalie?"

"Ja, jag kände henne och jag vet att hon dog", sa Haruto. Han satte sig rakt upp, "Menar du att hennes själ inte har något hem? Hur kan jag hjälpa henne att nå sitt hem?"

"Jag är glad att du vill hjälpa till, Haruto", sa Alfred. "Rosalies själ är i tryggt förvar hos två blivande änglar som har hjälpt oss och E-Z tidigare. Så hon mår bra just nu.

"Innan jag förklarar mer är jag nyfiken på vilka speciella krafter du besitter?"

Haruto stod upp, tittade på sin far, som nickade, och sa sedan. "Jag rör mig väldigt snabbt." Och han började snurra, snabbare och snabbare och snabbare tills han försvann.

"Oj!" sa Alfred. "Du är som en försvinnande version av den tasmanska djävulen!"

"Vi tröttnar aldrig på att se honom i aktion", sa hans mamma. Hon hade varit märkbart tystlåten fram till den kommentaren. "Kom tillbaka nu, barn", sa hon. "Kom tillbaka."

Han kom tillbaka på samma sätt som han hade försvunnit, men den här gången kunde de inte se honom snurra förrän han dök upp igen. "Jag är hungrig igen!" utbrast Haruto. Och han satte sig ner, fyllde på sin tallrik och åt glupskt.

"Blir du alltid hungrig av det?" frågade Alfred.

"Alltid", sa Sobo och erbjöd sitt barnbarn mer mat. Han nickade, för upptagen med att äta för att svara.

När Haruto hade ätit sig mätt förklarade Alfred hur E-Z's skulle fungera som teamets högkvarter, eller bas. Han sökte efter de rätta orden för att berätta för dem om faran de alla skulle befinna sig i.

"Låt mig säga, innan ni håller med - att Furierna är onda, hemska varelser som straffar barn trots att de inte har gjort något fel. De har tagit barns liv för dåliga tankar, inte för dåliga gärningar, och kapat själafångare från andra. Vi måste stoppa dem och ställa allt till rätta igen. Och de är extremt farliga och mäktiga gudinnor."

Harutos far sa: "Jag förbjuder dig att gå!"

"Men far, du har lärt mig att mina handlingar i det här livet kommer att fortsätta in i nästa. Därför måste jag säga ja." Han tittade på Alfred och sa: "Räkna med mig!"

"Haruto, som din mor och far vill vi att du ska lyckas - men vi vill att du ska vara nära oss, inte på andra sidan jorden med främlingar."

Haruto reste sig från sin plats och lade armarna om sin mormors hals. De viskade fram och tillbaka på japanska så att Alfred inte kunde förstå.

"Sobo säger att hon ska följa med mig, men hon är rädd att hennes tid är nära. Om hon dör och inte är i Japan, hur ska hennes själ då hitta hem?"

"Vi har några ärkeänglar och ärkeängelhjälpare som arbetar med oss. De håller Rosalies själ säker, och om något hände din mormor är jag säker på att de skulle skydda hennes själ också. Tills deras själsfångare var redo."

"Jag är så stolt över dig", sa Sobo, "och det ska bli mig ett nöje att göra dig sällskap på resan. Jag är glad att få träffa resten av superhjältebarnen. Den här Sobo kommer att få fler barnbarn." Hon kramade om Haruto.

Harutos mamma och pappa anslöt sig. Det var en familjekram. Tårar droppade nerför Alfreds ansikte. En svan som gråter är det sorgligaste som finns.

När de kom ifrån varandra samlades disken in och sattes att diska. Alla fick te, utom Haruto.

"Jag ska göra i ordning min väska", sa han. "God natt."

"Jag bokar våra flyg och meddelar dig detaljerna", sa Alfred.

Han gick tillbaka till hotellet och bokade sitt flyg. Sedan skickade han alla detaljer till Charles Dickens. Han hoppades att Charles kunde möta dem på Heathrow Airport och att de alla skulle flyga till E-Z:s ställe tillsammans.

Efter en ansträngande dag hoppade Alfred upp i sin Queen Size-säng. Han bäddade ner sig i kuddarna och tittade på TV tills han till slut somnade.

KAPITEL 7
PÅ VÄG

MED ALLA BARN på väg till E-Z:s hus fanns det en känsla av energi som kallades hopp i luften. Den energin tycktes sprida sig från den ena sidan av världen till den andra. Så mycket att den nådde The Furies.

De tre onda gudinnorna dansade runt elden som de hade skapat i en kittel av de dödas ben. Upp steg en flammande boll med flera huvuden. Mitt framför ögonen på dem delade den sig i tre eldklot.

Gudinnorna fyllde eldbollarna med ökad energi tills det verkade som om de arga sfärerna skulle explodera. Sedan skickade de iväg dem, ut för att hitta och krossa det hopp som levde i deras fienders hjärtan.

Det första eldklotet gick ut, till den avlägsnaste destinationen som var inriktad på att möta och förgöra E-Z, Lachie och Baby. Det eldiga föremålet sönderföll längs vägen och bröts sönder av bara farten tills det var lika stort som ett bowlingklot. Det siktade in sig på den intet ont anande trion som det var på väg emot.

Det var sensorerna i E-Z:s rullstol som varnade honom för den annalkande faran tack vare Hadz och Reikis uppgradering. GPS:en upptäckte ett livlöst föremål som rörde sig snabbt och var på väg rakt mot dem.

"Något kommer rakt emot oss!" ropade E-Z. "Låt oss landa och ta oss ur vägen för det."

"Righto", sa Lachie när trion landade.

Men den flammande bollen följde dem, som om den hade en egen spårare. Oavsett hur lågt de gick fortsatte den att följa dem obevekligt.

De stannade, svävade, grupperade tillsammans - osäkra på om de skulle landa nu, eller om de skulle försöka överlista den på något annat sätt. Om de landade och saken följde efter kunde den döda eller skada andra. De ville inte utsätta någon annan för fara för att den var ute efter dem.

"Vad ska vi göra?" frågade Lachie.

"Du och Baby tar skydd, låt mig och min stol ta hand om det."

"Vi lämnar dig inte!" Lachie utbrast och Baby nickade.

"Okej, ställ dig bakom mig då", sa E-Z. Han visste att han och hans rullstol var skottsäkra, men var de skyddade mot eldklot? Det skulle han få reda på om 5, 4, 3, 2, 1.

Baby sträckte på nacken, vrålade och öppnade munnen så mycket det gick - och eldklotet gick rakt in i den. Drakens ögon var uppspärrade och hans läppar darrade när han höll den eldiga besten inom sig. Sedan flög han iväg, med Lachie hållandes i nacken för glatta livet, långt bort och letade efter en plats där han kunde befria sig från det som brände honom inifrån och ut.

Till slut hittade de en plats där de kunde släppa ner den säkert i havet. Bebisen öppnade munnen och ut flög den. Saken brann fortfarande och gled fram över vattnet, som om den var fast besluten att hålla sig vid liv, men till slut gav den upp och sjönk ner i havet.

"Ja!" ropade E-Z. "Bra jobbat Baby!"

Baby och Lachie återvände till E-Z:s sida, "Vad hände?"

"Baby var fantastisk! Han släppte ner eldklotet i havet. Nu är den bara ännu en sten."

"Tack Baby," sa E-Z. "Det var lite för nära för att vara bekvämt."

"Håller med. Och Baby förtjänar en behandling. Något kallt för hans hals."

"Vad än Baby vill ha", sa E-Z. "Låt oss gå ner och ta en paus innan vi fortsätter."

Lachie kramade Babys hals och de gick ner för att skaka av sig sitt första och förhoppningsvis sista möte med ett galet eldklot.

"Tror du att det var The Furies?" frågade Lachie.

"Jag tror inte att de känner till oss. Jag menar, de vet att vi existerar, men inte detaljerna."

"Den där saken siktade in sig på oss. Försökte döda oss. Vem skulle annars vilja se oss döda?"

"Du har rätt, den kom rakt mot oss. Förmodligen bara ett sammanträffande. Hoppas jag."

"Borde vi inte varna de andra?"

E-Z tittade på sin telefon. Han hade noll staplar. "Mitt team kan hantera sig själva och jag vill inte skrämma dem. Låt oss hoppas eftersom det är en engångsföreteelse."

***

FURIERNA SKICKADE EN ANDRA brinnande skiva i riktning mot Yokohama. Alfred och Harutos plan stod redan på landningsbanan och förberedde sig för start.

Eldklotet flög mot dem, men valde en olycklig väg - det passerade den 59 fot långa roboten som sträckte ut armen, fångade det och sedan krossade det. Aska brändes ner på plattformen nedanför.

På flygplatsen lyfte Alfreds och Harutos plan säkert och paret visste aldrig att de var måltavlor.

****

DEN TREDJE OCH SISTA flammande bollen gick ut i riktning mot Phoenix, Arizona. Den flög runt och runt och sökte efter sitt mål i timmar, men kunde inte hitta det.

Little Dorrit var en exceptionell enhörning, med en antidetekteringssköld till sitt förfogande och den var alltid redo. Att skydda sina passagerare var trots allt Little Dorrits viktigaste uppgift.

Efter att ha flugit omkring utan mål ökade det flammande klotet i storlek, tills det var lika stort som en komet. Sedan återvände den hem till sina rättmätiga ägare - Furierna.

Det flammande föremålet, som inte kunde skilja en vän från en fiende, jagade de skrikande Furierna runt Death Valley i timmar. De sprang för sina liv tills Tisi trollade fram en besvärjelse.

Först stannade bollen i luften och de tre gudinnorna betraktade den med tillfredsställelse när den föll ner i kitteln och täcktes med svampstuvning.

Alli flög mot den och stängde locket.

Sedan kastade Furierna sina huvuden bakåt och häcklade den, medan de dansade och sjöng och skrattade.

Tills det hördes ett poppande ljud inne i kitteln. Som popcornkärnor som värms upp. Ljuden blev allt högre i takt med att kittelns lock bucklades till från insidan och till slut höjdes tillräckligt för att de nyfödda eldkloten skulle kunna fly.

De små eldkloten, som inte hade någonstans att ta vägen, riktade in sig på Furierna och jagade runt dem, medan de en efter en slocknade.

Sängda, utmattade och irriterade kallade de tre gudinnorna på Eriel för att han skulle komma och hjälpa dem, men den här gången svarade han inte.

✳✳✳

M EDAN HAN FLÖG VIDARE över himlen på egen hand, eftersom Lachie och Baby färdades långsammare på grund av Babys biverkningar efter att ha svalt eldklotet, utvärderade E-Z sitt team. Ett par gånger i kön fick han sms som bekräftade att de också tänkte på honom.

Lia skickade ett meddelande som bekräftade Brandys krafter och Alfred hade gjort detsamma angående Harutos förmågor.

E-Z hade inte återgäldat detta genom att berätta för dem om Lachies krafter. Istället ville han gå igenom saker för att se hur han och hans team på sju (inklusive Charles) färdigheter skulle klara sig mot de tre kraftfulla, men onda gudinnorna.

Han gjorde en inventering i sitt sinne och påminde sig själv om sitt teams tillgångar:

Jag kan flyga, det kan min stol också. Vi är skottsäkra och jag är superstark. Jag är en bra ledare, jag är smart och jag har stark empati.

Lia är uppmuntrande, empatisk, snäll, smart och hon kan läsa tankar och se in i framtiden.

Alfred är stark i sinnet, intelligent och som den äldsta medlemmen vis av ålder. Han är empatisk, kan ibland läsa tankar och kan bota sjuka.

Lachie kommunicerar med varelser. Han är en ensamvarg, men det är inte hans fel. Han är empatisk, intelligent. Han vet hur man överlever mot alla odds och hans kamouflageförmåga kommer att komma väl till pass.

Haruto är yngst, men han är en överlevare. Han kan göra sig osynlig.

Brandy har dött - flera gånger - och kommit tillbaka till livet igen. Hon är verkligen en överlevare.

Sist men inte minst är Charles Dickens. Hans förmågor är okända. Men han är smart, empatisk och anpassningsbar.

När han hade tillräckligt med barer använde han sin telefon för att söka i historiska dokument på nätet för att ta reda på vilka förmågor The Furies skulle ha med sig till bordet:

Övermänsklig styrka.

Uthållighet inklusive hög tolerans för smärta.

Vitalitet.

Spindelliknande smidighet.

Motståndskraft mot skador och supersnabb läkningskraft.

Flygförmåga.

Formskiftning - till en annan persons form.

Osynlighet.

De kunde tillfoga sina offer smärta.

Meg kan utsöndra parasiter. USCH.

Vänta lite, det står att Furierna historiskt sett representerade rättvisa. Det står att de förr bara skadade de onda och skyldiga... att de goda och oskyldiga inte hade något att frukta. Så vad förändrades? Varför kände de behov av att döda oskyldiga barn och använda spel för att göra det?

Han läste vidare och undrade exakt hur de dödade barnen. Enligt legenden skadade Furierna aldrig någon av dem som gjort fel fysiskt. Istället använde de skuldkänslor - för att driva dem till vansinne.

Han tänkte tillbaka på pojken som hade försökt skjuta honom. De hade övertygat honom om att de skulle skada hans familj om han inte gjorde som de sa. Han undrade var den där pojken var nu. Var han i någon av själafångarna?

Han fortsatte att söka för att ta reda på om Furierna var kapabla till barmhärtighet och kunde inte hitta några bevis för det.

Han lade till något på listan som de redan visste - Furierna var dödliga. Det var en sak som han och de onda gudinnorna hade gemensamt, och han och hans team skulle behöva hitta ett sätt att använda det till sin fördel.

Lachie och Baby kom ikapp E-Z.

"Hur är det med Baby?" frågade han.

"Han mår bättre nu", svarade Lachie.

Baby kastade huvudet bakåt, gav ifrån sig ett vrål och satte fart framåt.

"Vänta på mig!" ropade E-Z.

KAPITEL 8

FURIERNA

MED DEN SMUTSIGA KÄNSLAN av hopp som fortfarande stank i luften väntad Furierna. De hade lagat sina brända kläder och trimmat sitt brända hår. Lyckligtvis förblev ormarna oskadda. För att göra sig presentabla inför sin förestående gästs ankomst.

Han var deras välgörare. Den som hade fört dem tillbaka till jorden. Han föreslog att de skulle slå sig ner i Death Valleys oupptäckta hjärta.

Innan eldklotet misslyckades hade de sett tecken. Tecken på att allt vände sig emot dem nu. Förändring var bra, men bara om de hade kontroll över den. Deras tid var kommen. De måste vara redo att agera. Saker och ting vände till deras fördel. Allt de behövde göra var att vänta på det. Sedan vara redo att slå till.

"Eriel," väste Meg.

Ärkeängeln, deras älskade ledare, hade äntligen anlänt.

"Vad är det senaste?" frågade Tisi. "Vi är äcklade av allt detta hopp i luften."

"Ja, det här hoppet gör oss nedstämda" sjöng Tisi och Allie medan de dansade runt den brinnande elden.

Han tittade på dem, de dansade nakna som banshees. De knäppte sina piskor medan ormarna de hade som armar och hår slingrade sig och spottade slumpmässigt.

Eriel sänkte sig ner över dem som ett svart moln, landade och fällde sedan ihop sina vingar. Hans enorma storlek fick Furierna att se ut som dockor. Han stod med händerna på höfterna och gick sedan ner på ett knä för att komma upp på samma nivå som dem. Det var hans sätt att sänka sig till deras nivå, samtidigt som han höll sig ovanför dem. Han ville att de skulle veta att de arbetade för honom och inte tvärtom. Han var trött på att upprepa detta för systrarna, men ändå fruktade han att det var det enda sättet att hålla dem i schack.

"Det finns inget hopp - inte nu när vi arbetar tillsammans", sa Eriel. "Och skratta inte. Jo, jag antar att du kan skratta. Det var vad jag gjorde när jag först hörde att de skickar ett team av barn för att döda dig."

Furierna var hysteriska. Deras röster ekade runt Death Valley och skrämde bort alla fåglar.

"De där idioterna!" sa Meg.

"Vi ska äta de där barnen, till frukost, lunch och middag", sa Tisi och slickade sig om munnen.

"Vi äter inte barn", sa Alli. "Men du är rolig, syster. Allt vi vill ha är deras själar. Och jag kan inte komma ihåg VARFÖR vi vill ha dem. Förklara det igen, kära syster."

Meg sa: "Vi går Eriels ärenden. Han vill ha själsfångarna och vi skaffar dem åt honom. När vi har uppfyllt hans krav kommer vi att bli Nyx döttrar - De vänliga - igen och vi kommer att härska över natten och göra vad vi vill."

"Så om jag vill smaka på ett av barnen - då kommer jag att kunna det, eller hur?" frågade Tisi. "Jag har alltid undrat hur de skulle smaka." Hon himlade med ögonen och sniffade i luften. Ormen på hennes huvud kastade sig mot honom.

Eriel hånade. "Det här är inga vanliga barn, som de du förföljer i spelet. Det här är begåvade barn, med krafter och förmågor. Men jag ska hålla dig informerad, och du kommer att behöva min hjälp."

"Din hjälp? Att besegra barn, bara bebisar?!" trion skrattade, och de fladdrade omkring och lyfte från marken med hjälp av sina kraftfulla batvingar. "Vi ska besegra dem innan de ens hinner slå till." Ormarna väste och spottade i samförstånd.

"Som vi gjorde i det vita rummet. Som vi gjorde med deras vän Rosalie. Hon ville inte berätta vem som skickades efter oss. Vi ville veta och var trötta på att vänta på att du skulle berätta för oss. Så vi tog ut henne," sa Meg.

"Ja, och du gav nästan bort matchen! Det är också synd att du inte tog hennes själ och lade den i en själsfångare", sa Eriel. "Nu finns det lösa trådar. Lösa trådar kan bli ledtrådar för den som söker efter dem."

De tittade upp mot himlen och såg en strimma av färger som en regnbåge som sträckte sig från den ena sidan till den andra. Men det var ingen regnbåge, det var energi. Energin hos dem som ärkeänglarna hade rekryterat för att göra det som de själva var oförmögna att göra.

"Vi vet att de kommer - och de kommer inte att ha en chans mot oss!" skrek Tisi.

De lyckades i alla fall besegra de infantila eldklot ni skickade!" utbrast Eriel. "Ett så dåligt och amatörmässigt försök som det var! Det fick mig att skämmas över att arbeta med dig! Tur att ingen känner till vår förbindelse."

Med knutna nävar och tänder gick The Furies inte framåt förrän Alli bröt isen.

"Systrar, hans åsikt om oss spelar ingen roll. Vi gjorde vårt bästa. Det var värt ett försök. Dessutom har vi redan gott om själar till vårt förfogande." Hon rörde om i grytan, drack lite soppa ur en slev och spottade sedan ut den. "För mycket salt", sa hon. Hon tillsatte vatten, sedan svamp och några små potatisar. "Och vi samlar in fler barns själar varje dag. Jag är trött på att vänta här på att barnens superhjältar ska komma till oss. Att de ska organisera sig. När de är samlade, varför dödar vi dem inte bara?"

"Syster, du måste ha tålamod."

"Jag är trött på att vara tålmodig. Jag är trött på - jag är helt enkelt trött", sa Alli. Hon rörde om och efter att ha slängt i några vilda örter och kryddor smakade hon på soppan, och den var god. "Middagen är klar", sa hon.

"Du ska ha tålamod och du ska inte agera - om inte jag säger åt dig att agera. Det här är mitt spel och jag har bjudit in er att spela. Utan mig är ni bara tre värdelösa gudinnor som sover bort resten av era liv." Han sparkade i sanden med sin stövel. "Och det är verkligen synd att ni måste äta människoföda. Vilken nedgradering - eftersom ni nu behöver näring för att överleva. När jag härskar över jorden och alla själafångare bor här, kommer jag att trycka på JORDPAUS. Jag kommer att härska över jorden och om ni spelar spelet rätt. Om du gör som jag ber dig, då kommer du att vara vid min sida. Delar på vinsterna. Om du går emot mig, då kommer du att återvända till stoft."

Efter att han sagt ordet stoft öppnade han sina armar och vingar, lyfte från marken och försvann.

Furierna sjöng tillsammans medan de smuttade på sin soppa. Ormarna, som var de hungrigaste, slickade i sig soppan, och även om de hade gjort rent grytan ville de fortfarande ha mer.

"Nu när han är borta", sa Meg, "kan vi väl prata om vårt eget slutspel."

Tisi och Alli kacklade.

"Eriel tror att han kommer att återställa oss till vårt gudinnestatus, men vi kommer inte att låta den ärkeängeln ta över jorden. Vem säger att han inte kommer att lämna oss i stoftet när vi har gjort allt arbete? Ärkeänglar håller inte alltid sina löften. Vi behöver inte hålla våra heller, eller hur systrar?"

"Vem tror han att han är, Den utvalde?" frågade Alli.

Meg skrattade. "Han är utvald av ingenting och ingen - men vi behöver honom ändå."

"Ja", sade Tisi. "Hans självupptagenhet är hans brist." Hon sänkte rösten till en viskning: "Varje gång han talar försvagar han sig själv. Varje gång han förråder de andra ärkeänglarna ger han bort lite mer av sin makt."

Än en gång bröt systrarna ut i sång:

"Blod från rekryterade barn kommer att bli morgondagens soppa.

När vi har supit ska vi ha kul med en hula-hoop."

Meg tog upp sången,

"Bebisar, barn onda små och skyldiga som skit

Vi ska säga av med deras huvuden om vi får all tur!"

sjöng Alli,

"Mörkrets döttrar mot barn som inte har en aning.

Himlen kommer att regna av blod innan vi är klara!"

De kacklade och fräste, lät piskorna smattra och dansade medan månen steg allt högre upp på himlen. Utmattade föll de ner på marken och sov i smutsen.

Ormarna föredrog denna ställning - och sov också - framför att väsa och röra sig hela natten.

"God natt systrar", sa de i omgångar precis som de såg människorna göra på The Walton's på TV via sin parabolantenn. Det var ett av deras favoritprogram. "Och i morgon bitti ska vi se över planen igen."

KAPITEL 9
PAFHS9

D ET VAR EN TÄVLING för Sam och Samantha som väntade på att se vilken grupp av barn som skulle komma tillbaka först. Vinnaren skulle få sova uppe med tvillingarna varje natt i en hel månad, så insatserna var höga.

Sam valde E-Z, Lia och sedan Alfred. Samantha valde Alfred, E-Z och sedan Lia.

"Men E-Z är i Australien", sa Samantha. "Du kommer verkligen att förlora. Jag kommer att tänka på dig - INTE - när jag ska sova mig igenom natten i en månad."

"Du valde Alfred och han flyger på ett plan! Du vet hur de alltid överbokar och sällan håller sina tidtabeller. Medan E-Z kan komma och gå som han vill och hans rullstol färdas otroligt snabbt! Jag kommer att vinna, och jag är så säker på det, att jag kommer att göra vadet sex månader längre. Är du beredd att öka insatsen?"

Samantha övervägde det nya erbjudandet. Satsningar som denna kunde skada ett äktenskap, och de hade redan sömnbrist när båda vaknade varje natt för att ta hand om tvillingarna. Hon kramade honom, "Låt oss bara hålla det enkelt. En månad."

"Kyckling", sa Sam och slog armarna om sin fru. Han kysste henne på pannan när Jill gav ifrån sig ett skrik som Jack snart stämde in i. "Jag går", sa han.

"Låt oss gå tillsammans", sa Samantha och tog sin mans hand i sin och de gick ner i korridoren.

Lilla Dorrit var på väg tillbaka i högsta fart.

"Kan vi inte gå ner och ta en drink?" frågade Brandy.

"Nej, bara nej", sa Lilla Dorrit.

"Kom nu", sa Lia, "det tar bara ett par minuter."

"Jag vill inte skrämma er", sa Little Dorrit, "men jag får en dålig känsla och vill att vi ska komma ut så fort som möjligt."

"Okej", sa de två flickorna.

Lia var nästan hemma nu och skickade ett sms till Samantha och berättade att de skulle vara hemma om några minuter.

"Ah, vi hade båda fel!" sa hon.

"Men en av oss kommer fortfarande att behöva gå upp varje natt med tvillingarna", sa Sam.

"Vi turas om", sa Samantha, och när tvillingarna hade lagt sig igen för sin tupplur gick hon och Sam ut i trädgården. Snart kunde hon se Little Dorrit komma in för landning.

Lia och Brandy hoppade av.

"Det var verkligen coolt", sa Brandy. "Tack, Lilla Dorrit." Hon kramade enhörningen som svarade: "Det var så lite."

"Ja, tack för att du tog hand om oss", sa Lia.

"Att ta hand om er, var det några problem?" frågade Sam.

"Inget som jag inte kunde hantera", sa Lilla Dorrit. "Nu, om ni inte behöver mig på ett tag, skulle jag vilja hämta lite vatten och ett mellanmål."

"Varsågod", sa Sam, "och tack för att du tar hand om våra flickor."

Lilla Dorrit blinkade till Sam, gav sig sedan iväg och var snart utom synhåll.

Efter presentationen av Sam och Samantha ringde Brandy hem för att meddela sin mamma att de hade kommit fram välbehållna.

Några timmar senare anlände Alfred, Charles, Haruto och hans mormor. Precis som tidigare presenterade de sig för varandra, men Brandy och Lia tillkom.

"Du kan inte vara DEN Charles Dickens", sa Brandy med höjda ögonbryn. "Och du är bara ett barn, knappt ur blöjorna", sa hon till Haruto som svarade med att snurra sig osynlig.

"Hoppsan!" utbrast Brandy. "Och du, du är en stor fjäderprydd svan! Hur ska du kunna hjälpa oss att besegra Furierna!"

"Först och främst", började Alfred, "är du mycket mer oförskämd än du borde vara. Även en osofistikerad svan som jag har hyfs."

"Anata wa gakidesu!" sa Harutos mormor, vilket översatt betyder "Du är en skitunge!"

Ett fniss hördes från den osynlige Haruto.

Lia klev in och bad om ursäkt, "Jag ska berätta för henne. Hon är cool. Ge henne bara lite tid att komma till rätta," sa hon. "Jag visste inte förrän nu när jag såg det med egna ögon vad Haruto kunde göra." Till den lilla pojken sa hon: "Kom tillbaka, Haruto, snälla. Hon menade inte att såra dig."

"Förlåt", sa Brandy med ögonen sänkta mot golvet.

Haruto återvände, försvann in och ut. Han stod med armen runt sin mormors midja. Alfred och Charles flyttade sig närmare dem.

"Vi kom precis från ett flygplan och vi är trötta - så vi ska gå och fräscha upp oss. När vi kommer tillbaka förväntar jag mig att du sätter ett koppel på henne, eller en bit silvertejp över hennes mun. Eller lär henne lite hyfs", sa han och traskade sedan iväg genom korridoren med de andra två i släptåg.

"Wow!" sa Brandy. "Bara WOW! Jag sa att jag var ledsen."

"Nej, han hade rätt", sa Lia.

Samantha sa: "Du är i vårt hus nu, och vi vill inte att du är oförskämd mot någon."

Sam lade armarna över bröstet, precis när tvillingarna började gråta igen.

"De måste vara hungriga. Oroa dig inte, jag klarar det", sa Samantha, men innan hon gick stirrade hon på Brandy.

"Brandy, du är på en konstig plats, där du inte känner någon annan än Lia och Little Dorrit ännu," sa Sam. "Om du vill vara en del av det här teamet, för att besegra The Furies - då måste du arbeta tillsammans. Att förolämpa sina lagkamrater är inte ett effektivt sätt att börja. Jag föreslår att du ber om ursäkt igen som om du menar det när de återvänder och ber om att få börja om igen."

Brandys ögon fylldes av tårar: "Jag blev bara förvånad över att se de andra teammedlemmarna som jag kommer att arbeta med. Men du har rätt, jag ska be om ursäkt igen och be om en ny chans. Jag hoppas att de förlåter mig. Mamma säger alltid att jag är för frispråkig för mitt eget bästa."

Lia log. "Du kommer att älska Alfred när du lär känna honom. Det här är också första gången jag träffar Charles personligen. Charles befinner sig i en märklig situation. När han var tio år gammal var det 1822. Tänk på det. Och det är första gången jag träffar Haruto och hans mormor också."

"Det är ju helt galet! James Monroe var president då - och han var vår femte president!" Brandy hojtade. Hon armbågade försiktigt Lia, "Mamma och pappa skulle bli superimponerade över att jag kom ihåg den informationen! Och grabben, jag menar Haruto, han verkar alldeles för ung för att sätta sitt liv på spel."

Lia skrattade och Sam stämde in, men när han hörde att hans fru bad honom hjälpa till med tvillingarna rusade han ut ur rummet.

Charles svarade: "George IV satt på tronen när jag var här förra gången. Jag behöver i alla fall inte oroa mig för att hamna på fattighuset igen nästa år", sa han med ett leende som snabbt bleknade.

Lia gav ifrån sig ett ofrivilligt skrik, medan Brandy brast ut i gråt och sa: "Jag är så ledsen, Charles."

"Jaha, så du har hört talas om fattighus då", sa han. "Men jag är här och jag överlevde det och fortsatte tydligen att använda mina erfarenheter för att skriva om karaktärer som Oliver Twist och Little Dorrit, för att nämna två. Ja, jag har läst om mig själv på internet och jag måste säga att jag till och med imponerade på mig själv."

"Du har inte träffat enhörningen Lilla Dorrit än", sa Lia. "Hon gick iväg för att ta en förfriskning, men hon kommer snart tillbaka."

"Vem då?" frågade Charles.

På given signal dök Lilla Dorrit upp igen och cirklade ovanför deras huvuden för en snabb landning.

"Lilla Dorrit, det här är Charles Dickens. Charles, det här är Lilla Dorrit", sa Lia.

Charles var mållös när den vänliga enhörningen kramade om honom. "Jag hade aldrig kunnat drömma om att få träffa en enhörning."

"Trevligt att träffas, Charles", sa Lilla Dorrit.

Charles kippade efter andan: "Och en smart talande en dessutom!" Han hade en miljon frågor att ställa till henne, men de fick vänta eftersom E-Z, Lachie och Baby var på väg upp i skyn för att landa. "Är jag vaken eller drömmer jag?" frågade Charles. "Nyp mig så att jag vet säkert."

När Baby landat och Lachie stigit av presenterade sig alla för varandra medan E-Z rusade in för att gå på toaletten. När han återvände hade Sam och Samantha med tvillingarna i släptåg, Haruto och Alfred gjort dem sällskap.

"Hela gänget är här", sa Alfred.

"Kan jag få prata med dig och Haruto", frågade Brandy. När de nickade sa hon: "Jag är väldigt, väldigt ledsen. Snälla förlåt mig för min oförskämdhet och ge mig en andra chans." Hon tittade på sina fötter.

"Låt oss börja om från början", sa Alfred.

"Saikai suru," sa Haruto och översatte sedan, "Vad han sa."

"Anata wa yurusa rete imasu", sa Harutos mormor, vilket översatt betyder: "Du är förlåten."

Baby och Lilla Dorrit som stod sida vid sida var en mycket märklig syn att se. Lilla Dorrit var inte liten, hon var en enhörning som var över 8 fot lång, medan Baby inte var någon baby i storlek, eftersom han var över 18 fot lång.

"Jag tror att ni två - Baby och Lilla Dorrit - måste hitta någon annanstans att sova eftersom trädgården inte kommer att vara tillräckligt stor för er två", sa E-Z.

Lilla Dorrit sa: "Jag vet ett ställe där vi kan få något gott att äta och lite vatten också."

"Det låter bra", sa Baby.

Harutos mormor klappade babyn på huvudet och frågade: "Josha wa dodesu ka?", vilket översatt betyder "Vad sägs om en åktur?"

Bebisen sa: "Tashika ni, tobinotte!", vilket betyder: "Visst, hoppa på!"

Haruto sprang över och sa, "Matte watashi o wasurenaide!" vilket översatt betyder, "Vänta, glöm inte mig!"

Baby sänkte sig ner så att Haruto och hans mormor kunde klättra upp på hans rygg. De flög iväg, med Lilla Dorrit tätt i hälarna.

Sam sa: "Jag tycker att alla ska göra sig hemmastadda så att ni kan prata och planera som ni vill i morgon."

"Bra idé", sa E-Z när Baby släppte av Haruto och hans mormor. Sobos hår stod på ända som om hon hade satt fingret i ett uttag.

När Harutos mormor var mållös ledde Samantha henne till sitt rum. "Haruto sover i mitt rum", sa hon.

"Visst, jag kommer strax tillbaka." Hon gick genom korridoren till E-Z:s rum.

"Hur var det?" frågade E-Z Haruto.

"Subarashi!" utbrast han, vilket översatt betyder "Fantastiskt!"

"Vi fick en barnsäng och några våningssängar levererade idag", sa Sam, "så Haruto, Charles och Lachie, ni är med E-Z och Alfred i deras rum. Alfred sover i änden av E-Z:s säng."

"Tack", sa E-Z när de gick till hans rum. "Förresten", sa han när de var ensamma, "hade någon av er problem på vägen tillbaka?"

Alfred sa att de inte hade det.

"Du då, Lia?" frågade han i sitt sinne.

"Nej."

"Så, vad hände?" frågade Alfred.

"Jo, vi hade ett flammande eldklot i vårt spår."

Lia flämtade till.

"Men tack vare Babys snabba tänkande förstördes den."

"Hur lyckades han förstöra den?" Alfred frågade.

"Baby svalde den och släppte den sedan i havet."

"Det var läskigt", sa Haruto.

"Jag är fortfarande lite orolig för Baby", sa E-Z, "för på vägen tillbaka märkte jag att han hostade och nös ett par gånger."

Lachie sa, "En gnista flög till och med ut ur hans mun och näsborrar. Han säger att han mår bra, men jag håller ett vakande öga på honom."

"Vi kan väl inte ta honom till veterinären, eller hur?" sa Alfred.

Haruto skrattade och skrattade.

"Vad är det som är så roligt?" frågade E-Z.

"Hyoryu Doragon," sa han. "Hyoryu Doragon!" - vilket kan översättas till drakveterinär - och han vrålade av skratt igen.

Alfred och E-Z ryckte på axlarna liksom Charles, som bytte ämne genom att fråga om de andra tyckte att de borde komma på ett nytt namn för sitt lag eftersom de nu är sju istället för tre.

"Kanske det", sa E-Z.

"Vilka är våra viktigaste egenskaper?" Charles frågade.

"Löfte", föreslog Haruto, när han hade lugnat ner sig och slutat skratta.

"Ambition", sade Charles.

"Tro", sade E-Z.

"Hopp", sa Alfred.

Samantha lyssnade utanför dörren i några minuter. Allt lät vänligt nog, så hon gick tillbaka för att prata med Harutos mormor.

"Haruto trivs med de andra pojkarna och de småpratar. Du kan flytta in honom här i morgon om du vill. Han har sin egen barnsäng där inne. De planerade ett nytt namn för sitt superhjälteteam - så jag ville inte avbryta deras brainstorming-session."

Harutos mormor nickade, "Tack."

Lia och Brandy var nu involverade i konversationen från rum till rum.

"Styrka x 7", föreslog flickorna.

"Uh, hon kan ibland läsa våra tankar", bekräftade E-Z.

Charles utbrast: "Vad sägs om PAFHS7?"

"Jag gillar det", sa E-Z, "men glömmer vi inte två viktiga medlemmar i vårt team? Jag menar Lilla Dorrit och Baby. De är integrerade medlemmar och de har räddat oss ett par gånger redan."

Alfred upprepade orden, liksom Haruto.

"Vad sägs om PAFHS9!" Lia och Brandy sjöng ut.

PAFHS9 kunde inte låta bli, de skrattade - tills de hörde någon gå omkring ovanför deras huvuden på taket.

"Vad i helvete var det där?" frågade E-Z.

"Yoo-hoo! Det är vi!" sa Raphael. "Eriel och jag.

KAPITEL 10

BULLER PÅ TAKET

S AM UNDRADE OM JULEN hade kommit tidigt, när han snubblade ut i sin morgonrock för att undersöka bråket på taket. Han kunde inte se vem som var där uppe förrän han stod mitt på gräsmattan.

"Shhh!" viskade han. "Vi har precis fått barnen att somna."

Ärkeänglarna svarade inte. Istället hängde de med huvudena som två utskällda barn.

"Vill ni komma in?" frågade han.

"Tack så mycket", svarade Raphael.

POOF

POW

Hon och Eriel försvann.

Sam rörde sig inte från gräsmattan direkt. Hans fötter var våta av daggen på gräset, och när han stoppade nävarna i fickorna på morgonrocken såg han Lilla Dorrit och Baby cirkla runt huset.

"Är allt okej där nere?" frågade Lilla Dorrit.

"Ja", sa Sam, "men gå inte för långt för säkerhets skull. Jag visslar om vi behöver hjälp." Han vinkade och gick sedan in i huset igen, som nu var fyllt av röster och stolskrap. Han gnisslade tänder och hoppades att tvillingarna sov djupt. Nu i köket märkte han att alla var vakna och på benen, förutom Harutos mormor.

Raphael som satt vid bordsändan liknade nu den kvinna som var klädd som sjuksköterska på hotellet när Alfreds liv räddades. Hennes långa, flödande examensliknande klänning ökade hennes status bland de andra som om hon var en sittande professor eller en domare.

Eriel, å andra sidan, hade förändrat sitt utseende så att han såg ut som en avliden sångare vars varumärke var att klä sig från topp till tå i svart inklusive mörka solglasögon.

"Behöver vi fler stolar?" frågade Samantha.

"Jag tror att vi klarar oss", sa Sam. "Jag hoppas att det här inte kommer att ta så lång tid. Åh, och E-Z, du tar andra änden av bordet eftersom du är vår valda ledare."

"Tack", sa E-Z och flyttade in i positionen. "Så vad tusan gör ni två här mitt i natten?"

Brandy skrattade, "Och vem sa att jag var den oförskämda?"

Lia sa, "Shhh."

Raphael kastade en blick på vart och ett av barnen. Det var första gången hon såg Haruto, Charles, Brandy och Lachie. De var alla så otroligt unga, så modiga. Hennes ögon fylldes av tårar när hennes blick föll på E-Z. Hon böjde sitt huvud.

E-Z väntade och insåg sedan att Raphael bad honom att ge henne tillåtelse att tala. Han nickade.

Innan han talade justerade Raphael sina nya glasögon. När hon gjorde det fick E-Z justera sina gamla glasögon som han, på begäran av deras ursprungliga ägare, aldrig tog bort från sitt ansikte.

Charles, som mycket okaraktäristiskt blev mer och mer otålig frågade: "Madam, varför är jag här som en tioårig pojke när jag skulle vara mycket mer användbar för detta team som en vuxen."

"TYSTNAD!" utbrast Eriel och slog näven i bordet. "Vi har ordet. Tala, syster, eftersom dessa barn blir alltmer otåliga. Deras ögon flimrar och far runt i rummet. Som om de förväntar sig att du ska släppa ner dem i heta vaxkar!"

"Ohyfsat!" Brandy utbrast. "Jag är inte rädd för dig!"

"Shhh," viskade Lia.

Charles log mot Brandy.

"Du borde vara rädd", sa Eriel med en grimas. "Mycket rädd."

"Ordning! Ordning!" ropade Raphael och hon väntade tills alla hade satt sig och blivit lugnare. "Vi är här denna kväll för DIN skull." sa Raphael lite mer högljutt än hon hade förväntat sig.

"Här! Här!" inflikade Eriel.

"Hur så?" frågade E-Z.

"Hon berättar om du tystnar!" sade Eriel.

Raphael väntade igen innan hon talade igen.

"Det finns ingen tid för fantasifulla planer eller förseningar. Furierna skapar förödelse, alltmer varje dag genom att piratkopiera själsfångare. De kastar ut gamla själar i det öppna tomrummet. Det är fullständigt kaos där ute! Och de skapar mer för varje sekund, varje minut, varje timme av varje dag. Kort sagt, de måste stoppas. Omedelbart."

"Men..." sa Alfred, "du nämnde inte ens barnen."

Eriel reste sig från sin stol. Han stirrade på Alfred och tvingade honom att titta bort. "Hon är inte klar ÄN."

Raphael fortsatte utan att tveka den här gången.

"Vi, Eriel och jag, är här för att ge dig råd - utan att vara direkt inblandade. Vårt uppdrag är att hjälpa er, att hjälpa er själva att rädda barnen."

E-Z gillade inte ljudet av detta, inte alls. Han dunkade nävarna i bordet.

"Vi har redan kommit överens om att slåss mot Furierna. Först måste vi göra oss redo, för att formulera en plan. När vi är redo kommer vi att förgöra dem. Om ni har kommit hit för att stressa oss, för att tvinga oss ut i strid innan tiden är mogen, då skulle jag som vald ledare vilja dra mig tillbaka. Vi är bara barn och du ber oss att riskera våra liv. Jag är inte, och vi är inte, villiga att gå vidare förrän vi är helt förberedda."

Lia stod först och började applådera och resten av hennes team hakade på.

"Det han sa", kuttrade Alfred eftersom svanar inte kan klappa.

"Vänta!" sa Raphael. "Vi är inte här för att pressa dig, vi är här för att hjälpa dig."

Eriels färg ändrades från vitt till rött, i extrem kontrast till hans svarta klädsel. E-Z och de andra tittade på när ärkeängelns hudfärg fortsatte att bli röd, rädda för att hans huvud skulle explodera.

"Lugna ner dig och sätt dig!" beordrade Raphael. Eriel tog några djupa andetag och sjönk sedan tillbaka till sin plats.

Raphael förblev lugn med huvudet högt. Hon sköt sin stol bakåt och reste sig. Och fortsatte att resa sig tills hon stod över alla andra. Hon satte sig tillrätta, som om hon åkte på en flygande matta, och lutade huvudet åt höger som om hon poserade för en selfie.

"Vi är engagerade i dig och uppgiften, men våra krafter har begränsningar. Om du känner till talesättet 'vi är här för dig i anden' - då är det vad vi är. Vi har åsidosatt alla regler i dag när vi kom hit till ert hem. Vi gjorde detta mot våra överordnades råd och mot sunt förnuft.

"Genom att komma hit har vi utsatt oss för osynliga och okända faror, men ni är värda den risken. Det är därför vi bestämde oss för att komma och erbjuda vår hjälp personligen."

"Vi förstår också att du har formulerat en plan och att vi är här som dina bollplank. Du kan testa den på oss och se om den fungerar. Om vi upptäcker några brister ska vi påpeka dem och hjälpa dig."

E-Z kastade en blick på sina teammedlemmar, som satte sig ner igen. "Vi överväger möjligheten att dra in gudinnorna i ett spel och besegra dem där."

"Åh, jag förstår", sa Raphael. "Du tror att du kan besegra dem i deras eget spel, så att säga, smart. Ganska smart, men inte tillräckligt smart är jag rädd."

"Vad menar du med det?"

"De har listat ut hur man manipulerar och kontrollerar alla spelare i spelvärlden. De kan alla knep i boken - för branschen har gjort det enkelt när du väl är med i spelet. För att spela måste du döda. För att avancera måste du döda. För att vinna måste du döda.

"I spelvärlden E-Z måste du också döda. När ni har gjort det är ni fritt villebråd för The Furies. De kan fånga var och en av er, en efter en. Ni kan inte stå som ett lag där. Lag i spelet är bara illusioner. Ingen spelare skulle vara undantagen från deras hämndlystna plan.

"Kom ihåg att gudinnorna har ett mandat - vilket är att straffa de ostraffade. Och de följer det till punkt och pricka, inga om, och eller men. Men de använder en gråzon till sin fördel. Inget kan stoppa dem - förutsatt att de håller sig till mandatet." Hon stannade och tittade på Eriel, "Är det något du vill tillägga?"

"Om jag vore du", sa han, "skulle jag attackera dem rakt ut i det öppna. Där och när de minst anar det. Det skulle sätta dig i en maktposition och göra dem sårbara."

"Det är om de inte ser oss, eller anar att vi kommer för att hämta dem," sa Brandy. "Jag förstår fortfarande inte hur de dödar barnen. Vi måste se det, för att förstå det och veta vad vi har att göra med. Jag sa att jag skulle hjälpa till, men jag förväntade mig definitivt mer specifik information."

"E-Z," frågade Raphael, "är du villig att ge tillbaka mina glasögon till mig? För en kort stund? Med dem kommer jag att kunna visa dig Furiernas teknik. Hur de fångar barnen i spelet i realtid. Brandy har rätt, att se är att tro, men jag kan inte göra det utan mina originalglasögon. Bara du kan fatta det beslutet. Om du verkligen vill se. Om du verkligen vill veta."

"Coolt", sa Brandy. "Nu sätter vi igång, E-Z."

Eriel kastade en blick mot taket. "Ophaniel har kallat på mig. Jag måste gå nu." Han bugade.

ZIP

Han försvann in i natten.

E-Z tog av sig de röda glasögonen och vek ihop dem, innan han gav dem till Raphael, som fortfarande svävade ovanför bordet. När hon sträckte sig efter glasögonen flög de in i hennes händer.

Raphael tog av sig de nya glasögonen och putsade de gamla innan han satte dem på hennes ansikte. Hon log, medan hon och alla andra i rummet såg blodet röra sig runt bågarna på sitt ormliknande sätt som om det återbekantade sig med henne.

När blodet i glasögonen hade återgått till sitt Raphael-flöde satte hon dem på ansiktet och pekade sedan mot väggen medan kraftfulla ljussken strålade ut från hennes glasögon, som man förväntar sig att se i en biosalong.

"Innan vi börjar", sa Raphael, "det här är inget för den med svagt hjärta. Det du kommer att få se är klassat som ackompanjemang för vuxna. Jag tycker inte att Haruto ska se det."

Samantha sa: "Kom igen, Haruto. Du och jag kan titta lite på TV i det andra rummet."

De två gick därifrån. Och programmet började.

På skärmen fanns en liten pojke. Runt sju, kanske åtta år gammal. Trots att det var mitt i natten satt han framför datorn. På huvudet hade han hörlurar. Framför munnen hade han en liten mikrofon som var fäst vid hans hörsnäcka.

"Gotcha!" sade han. "Jag behöver bara döda en till, sedan är jag på nästa nivå."

HHIIIIIIIIISSSSSSSSSSS.

Och de kunde höra det också.

"Du är en mördare!"

"Bara stygga pojkar dödar - och du är en stygg pojke. Vet din mamma vilken typ av stygg pojke du är?"

"Jag spelar ett spel", sa han. "Det är bara ett spel och om jag inte dödar kan jag inte gå vidare."

"Stackars grabb", sa E-Z.

Tystnad.

Pojken återupptog sitt spel. Snart var det dags för honom att döda igen. Den här gången tvekade han.

"Fortsätt. Du har dödat en gång, du vet att det var kul, så varsågod och döda igen. Du vet att du vill."

"Nej!" sa han.

"Det spelar ingen roll. En död är allt vi behöver!"

Sedan blev väsandet väldigt högt igen, högre, högre, mer högt.

"Sluta!" skrek han.

"Sluta Raphael!" Lia skrek.

"Jag kan inte", svarade ärkeängeln. "Du sa att du ville se hur de gör det. Om någon av er är för rädd, lämna rummet eller håll för ögonen. Brandy hade rätt, ni måste se det själva. Fram till nu har jag inte heller sett det."

HHIIIIIIIIISSSSSSSSSS.

Fortsätt. Du har dödat en gång, du vet att det var kul, så sätt igång och döda igen. Du vet att du vill."

Fortsätt. Du har dödat en gång, du vet att det var kul, så fortsätt och döda igen. Du vet att du vill."

Fortsätt. Du har dödat en gång, du vet att det var kul, så fortsätt och döda igen. Du vet att du vill."

"La, la, la, la," sjöng pojken. Han försökte stänga ute rösterna.

"Han har blivit galen", sa hans vän som också spelade spelet. "Jag går nu. Vi ses i skolan imorgon Tommy."

"La, la, la, la!" Tommy fortsatte att sjunga.

Hans puls rusade. Hjärtat slog snabbare. Det dunkade och dunkade, som om det ville bryta sig ut ur hans bröstkorg. Han kunde inte andas. Han försökte resa sig upp, men hans ben blev som gelé.

Han hörde en röst i huvudet. Det lät som hans mammas röst, men det var det inte.

"Vi skäms så över dig, Tommy. Vi förtjänar inte att ha en mördare som vår son!"

En andra röst, som lät som hans fars.

"Vår son är ingen mördare, vem är du? Du är inte vår son."

Tommy grät.

"Jag är en mördare", sa han samtidigt som han sjönk ihop från stolen och föll ihop till en boll på golvet.

Nu hörs ytterligare två röster från skärmen. Hans bror Alex, hans syster Katie, som sjöng en sång med hans föräldrar, en sång som sjöngs till en populär barnvisa om en mullbärsbuske. Deras version löd så här:

"Tommy är en mur-der-er; mur-der-er, mur-der-er, mur-der-er, Tommy är en mur-der-er, och vi älskar honom inte längre."

Stackars Tommy var helt ensam nu.

"Ge inte upp", ropade Lia, även om hon visste att han inte kunde höra henne.

På golvet, hoprullad till en boll, föreställde han sig att hans mamma, pappa, syster och bror dansade runt honom. De cirklade runt honom som en gam runt sitt byte.

"Tommy är en mur-der-er; mur-der-er, mur-der-er, mur-der-er, Tommy är en mur-der-er, och vi älskar honom inte längre."

Tommys lilla hjärta var krossat. Det tryckte sig ut ur hans kropp och flög iväg.

Furierna fångade det och tryckte in det i en själsfångare. De smällde igen dörren.

Raphael tog av sig glasögonen. Omedelbart slutade väggprojektorn att fungera. När hon gav tillbaka glasögonen till E-Z rullade en tår nerför hennes kind.

Tystnaden runt bordet var öronbedövande.

"De får häxorna som Shakespeare skrev om i Macbeth att se snälla ut", sa Alfred.

"Jag förstår inte hur min förmåga att kamouflera mig eller prata med djur ska kunna hjälpa dem, inte stjälpa dem", sa Lachie.

"Jag skulle döda en, dö, komma tillbaka, döda den andra, dö, komma tillbaka och döda den tredje", sa Brandy. "Låt mig få tag på dem!"

"Vänta lite", sa E-Z. "Nu när vi har sett det måste vi prata om det. Innan vi kastar oss in i det. Vi kanske ska rösta om? Vårt deltagande måste vara enhälligt."

Sam talade. "Ni behöver inte skämmas för att säga nej. Ingen har utsett er till världens frälsare."

"Han har rätt", sa Raphael. "Ingen utsåg er - ändå finns det ingen annan som kan göra det."

"Varför kan inte ni ärkeänglar göra det?" frågade Brandy.

"Vi försökte med allt vi visste och misslyckades. Det var därför vi kom till dig", sa Raphael. "Och en sak vill jag göra klart för er alla... Om det någonsin finns ett ögonblick när ni fruktar att slutet är nära så är det då vi kommer för att hjälpa er."

"Hur tänker du hjälpa oss då, när du just sa till oss att du är värdelös?" frågade Charles.

"Det var det jag ville fråga", sa Brandy.

"Om, när, slutet är nära...kommer vi ärkeänglar att få andra krafter. Tills de behövs sover dessa krafter djupt inne i jordens inre.

"Under tiden, E-Z, kan du de magiska orden för att kalla Eriel till din sida. Samma ord kommer att föra mig, och de andra om du behöver oss.

"Vi kommer. Vi kommer att strida vid er sida. Men snälla, slösa inte bort kallelsen. För att de uråldriga krafterna ska vakna måste det finnas otvetydiga bevis på att slutet för mänskligheten är nära förestående."

"Och vad händer om vi kallar på dig och de krafter du säger att du kommer att ha inte kommer. Vad händer då?" frågade E-Z.

"Då kommer vi att dö tillsammans med er."

E-Z dunkade nävarna i bordet.

"Att se dem i aktion får mitt blod att koka. Vi måste besegra dem."

"Här! Här!" Charles ropade.

"Men först", sade Sam, "måste du berätta för dessa barn innan du skickar ut dem i strid. Berätta för dem exakt hur du och de andra ärkeänglarna försökte besegra Furierna."

"Vi gillrade en fälla för dem när vi upptäckte att de hade kommit tillbaka. Den förrådde oss, gav bort oss, och sedan flyttade de till Death Valley. Death Valley är förbjudet område för ärkeänglar nu."

"Förbjudet? Vem gjorde det så?"

"Det är en fråga jag inte kan svara på. Allt jag vet är att ett team av oerhört kraftfulla ärkeänglar var oförmögna att bryta igenom de skyddsbarriärer de har satt upp."

"Är det allt?" frågade Brandy. "Det var allt du försökte, och du vill att vi ska ta över nu. På riktigt."

Raphael satte händerna på höfterna, "Vi är ärkeänglar och våra krafter på jorden är begränsade." Hon skrattade, "Våra krafter på andra ställen är också begränsade."

"Okej, okej," sa E-Z. "Vi fattar. Vi har inget val, egentligen inte, men lämna det till oss."

"Mycket bra," sa Raphael. "Men innan jag går, Charles, vill jag svara på din fråga. Ärkeänglarna har inte kallat eller släppt dig. Vi tror att din närvaro här är en tillfällighet.

"Vi tror inte heller att Furierna känner till dig. Kanske är du ett hemligt vapen. Du kanske har enorma krafter inom dig.

"Du sa att du önskade att du hade förts tillbaka som en fullvuxen man. Din ålder idag är betydelsefull. Vi tror att barn håller mänsklighetens framtid i sina händer. Endast barn kan besegra ren ondska."

"Men varför bara barn?" frågade Charles.

"För att de föds med ett rent hjärta", sade Raphael.

Charles satt lite högre i sätet.

Raphael fortsatte: "Charles Dickens, var inte rädd för att experimentera och upptäcka ditt sanna jag. Inom dig kan det finnas en dörr som bara du kan öppna. En nyckel.

"Bara det faktum att det finns en blodslinje mellan dig, E-Z och Sam, är betydelsefullt. Var inte rädd för att riskera allt för att hitta nyckeln. Du är här för att hjälpa till att rädda mänskligheten. Det är ingen tvekan om det. Använd din tid här klokt. Gör skillnad."

Charles grät eftersom han hittills hade känt sig värdelös. De andra tröstade och lugnade honom.

"Lycka till till er alla", sa Raphael.

POW.

Och hon var borta.

"När vi överlever det här", sa Lia, "och vi kommer att överleva det, ska vi ha den största segerfesten någonsin."

"Charles", sa E-Z. "Om Raphael har rätt kan du bli den viktigaste medlemmen i teamet. Ta dig tid att göra lite självrannsakan."

"Hur gör man det?" frågade han.

"Meditation är ett sätt", sa Brandy.

"Eller att promenera i naturen", sa Lachie.

"Ensamtid, bara tänka", erbjöd Alfred.

"Låt oss sova lite och fortsätta den här diskussionen i morgon bitti", sa E-Z.

"Jag tror inte att jag kommer att få så mycket sömn efter att ha sett stackars Tommy", sa Lia. "Det var till och med värre än jag föreställt mig."

"Ja, stackars lilla Tommy", instämde Alfred.

"Så, alla är fortfarande inne?" frågade E-Z.

"AYE" hördes från alla.

"Men Haruto då?"

"Jag tror att han fortfarande är med", sa E-Z, "men jag ska förklara allt för Sobo, så kan hon prata om det med honom. Jag skulle förstå om de valde bort det."

"Men det tror jag inte att de gör," sa Samantha. "Haruto sover. Han skämdes för att han var för ung för att se det du såg. Som om han var mindre värd som medlem i teamet."

"Du gjorde rätt i att ta ut honom ur rummet", sa Sam. "Det vi bevittnade var fruktansvärt."

"Jag håller med", sa E-Z.

Charles sa: "Så det är alla för en och en för alla. Precis som i De tre musketörerna."

"Jag har alltid älskat den boken!" sa Alfred.

Även i de värsta av situationer har böcker alltid fört människor samman. Varje medlem i PAFHS9 hoppades att det fanns en sak i världen som aldrig skulle förändras.

KAPITEL 11

DEJA VU

E-Z OCH SAM HADE inte mycket tid för sig själva längre, men ingen av dem klagade över det. Samantha oroade sig för att de höll på att tappa kontakten och var fast besluten att ställa allt till rätta genom att överraska dem med en Early Bird-frukost på Ann's Café.

De anlände till köket samtidigt - eftersom de båda hade fått sms om att klä på sig och komma till köket omedelbart.

"Hur är läget?" frågade Sam.

"Ja, vad är det för fel?" frågade E-Z.

"Ingenting är fel", sa Samantha. "Ni två har en reservation på Ann's så gå dit nu på en gång - innan alla vaknar och vill göra er sällskap."

Sam kysste sin fru.

"Jag tyckte att det var dags att ni åt frukost tillsammans igen."

E-Z gav Samantha en stor kram.

"Ska vi ta oss dit själva?"

"Absolut, farbror Sam."

Sam tog sin ryggsäck med sin laptop i och de gav sig iväg.

Det var en vacker vårmorgon med massor av fågelsång som sjöng för dem på vägen till kaféet.

"Din fru är ganska speciell."

"Ja, hon är en på miljonen."

Snart var de framme vid kaféet. Det var nästan tomt och Ann fanns ingenstans att hitta men E-Z kände igen hennes syster, Emily. Han hade inte sett henne sedan han var ett litet barn.

"Du har inte förändrats mycket", sa Emily och slängde armarna om honom.

"Det har inte du heller", sa E-Z med dov röst eftersom hon höll på att kväva honom i sin tjocka tröja. "Och det här är farbror Sam."

"Jag kan se likheten", sa Emily och skakade hans hand bestämt. "Jag har det perfekta bordet för dig, följ mig."

När de passerade deras vanliga bord tvekade han och tittade på sin farbror. "Kan vi sätta oss vid det här istället Emily?"

"Visst!" Emily lade fram besticken och räckte över menyerna. "Kaffe?" Sam nickade och hon hällde upp en rykande varm mugg åt honom.

"Vill du ha det vanliga?" frågade hon E-Z. Min syster berättade vad det kan vara."

"Definitivt."

"Och det var en tjock chokladshake, har jag rätt?"

Hon hade helt rätt.

"Och du, Sam?" frågade hon. "Vad ska du ha idag?"

"Två av det som min brorson ska ha", sa han, "men ingen tjock shake. Kaffe är den enda dryck jag behöver den här morgonen."

"Righty-o!" sa hon och gick sedan till köket.

Sam öppnade sin laptop och stängde den igen.

"Det är trevligt att komma till ett ställe där allt alltid är sig likt", sa E-Z.

"Jag borde ta med Sam och tvillingarna hit någon dag snart. Jag vill stödja lokala företag och det är en bra förebild för Jack och Jill."

"Definitivt. Det här stället har bara goda minnen för mig", sa E-Z. "Men en vacker dag ska jag våga ta ut svängarna och beställa något annorlunda. Jag måste ju föregå med gott exempel för mina kusiner, eller hur?"

Sam skrattade och tog en klunk kaffe. En stund senare kom Emily förbi och fyllde på koppen igen. "Det är som om hon har ögon i bakhuvudet."

E-Z skrattade. Hans tankar kretsade kring ett visst ämne som han ville diskutera: Furierna. Samtidigt ville han inte ge sig in i det tunga samtalet direkt.

"Så. Min fru kommer att ha ett hus fullt av gäster att mata när alla går upp."

"Sobo kommer att hjälpa till."

"Sant, men jag tycker inte att vi ska dra fördel av det. Jag skulle vilja att vi kunde göra en repris om du förstår vad jag menar?"

"Definitivt. Så låt oss sätta igång."

Sam öppnade sin laptop igen. Den här gången slog han på den och skrev i sökmotorn:

Hur man besegrar Furierna.

E-Z nickade när hans shake ställdes framför honom. Han försökte genast smutta lite av sin tjocka shake, men den var för tjock för att få ut något genom sugröret - vilket var precis som han ville ha det. "Något användbart?"

"Det står att Erinyes - eller Furierna - bara kan blidkas genom rituell rening."

"Vad betyder det?"

"Jag tror att det betyder att du måste utföra en handling - på deras begäran, som försoning."

"Betyder inte försoning samma sak som botgöring? Jag gillar inte ljudet av det", sa E-Z. "Vi har inte gjort något för att gottgöra dem."

"Det kan också betyda försoning. Återbetalning. Reparation. Återställande."

"De fyra R:en, det är fyndigt, men jag frågar igen vad vi ska återbetala dem för?

"Tänk utanför boxen", sa Sam. "Tänk om du kunde göra något för att uppmuntra dem att ta en vandring och lämna barnen och själafångarna ifred?"

E-Z skrattade. "Om det fanns ett sätt skulle det vara perfekt. Men det är också för lätt."

Sam kliade sig i huvudet. "Här står det att Furierna straffade män och kvinnor för brott efter döden och under deras livstid. Vilket är vad de gör nu - barn, inte vuxna. Det visste jag inte."

"Vad jag inte förstår är varför. Varför är de tillbaka nu? Vad har förändrats..."

"Alla utmärkta frågor som jag inte kan svara på," sa Sam. "Men, åh, här är något intressant. Det står att de som ödesgudinnor hindrade människan från att lära sig om framtiden."

"Exakt hur då?"

"Det står inte", sa Sam, precis när Emily kom tillbaka för att fylla på hans kopp kaffe. "Bara lite grann", sa han. Han var rädd att han skulle bli hemskickad om han drack mer kaffe.

"Din frukost kommer upp om en sekund", sa hon. "Hoppas ni är hungriga!"

"Det är vi definitivt", sa E-Z, medan han försökte dricka sin tjocka shake igen och hade viss framgång med att få upp lite genom sugröret.

Emily log och gick sedan för att hälsa på några nya kunder.

"Innan allt det här", sa Sam, "hade jag aldrig ens hört talas om Furierna. Det står här att de i både grekisk och romersk mytologi var andar som stod för rättvisa och hämnd. Deras andra namn Erinyes betyder arga." Han rullade nedåt. "Jag ser några omnämnanden i spelvärlden. Inget av de adjektiv som används för att beskriva dem motsäger det vi redan vet, dvs. att The Furies är onda, olycksbådande varelser som inte visar någon nåd."

"Jag önskar att PJ och Arden var tillbaka hos oss. Med sina trolldomskunskaper skulle de säkert veta vad de skulle göra. Ända sedan vi förlorade dem har jag klandrat mig själv för att jag tappade kontakten. Allt för att jag blev för självupptagen med att vara en superhjälte. Jag saknar verkligen de där killarna."

"De skulle inte vilja att du sparkade dig själv. Och jag saknar dem också."

Emily ställde ner maten på bordet, "Smaklig måltid!" sa hon.

E-Z och Sam åt girigt och talade inte på ett tag. Efter många ljud av matglädje återupptog de sitt samtal.

"Jag tänkte just på planen - att besegra dem i spelet. Det lät verkligen bra - eller det tyckte vi att det gjorde tills Raphael berättade något annat för oss. Det var bra att hon sa det rakt ut, annars... ja, jag vill inte ens tänka på vad som kunde ha hänt med något av barnen."

"Ändå tänker jag att Furierna måste ha en akilleshäl. Minns du den där historien?"

"Ja, det gör jag. Om de har en svag punkt så vet jag inte vad det är. Vi vet att de är dödliga som vi. Om de kan dö, precis som vi, då är det åtminstone en jämn spelplan."

"Låt oss fokusera lite mer på deras svagheter: ilska, missunnsamhet, hämndlystnad."

"Det är samma saker som de straffar andra för, så hur kan det vara deras svagheter?" frågade E-Z, medan han stoppade en gaffel full med pannkakor i munnen. "Så, bra."

Sam nickade, "Det är de verkligen." Han tog en ny klunk kaffe. "Sant, vilket betyder att vi kanske kan använda samma saker som de straffar andra för mot dem."

"Men hur?"

"Det vet jag inte - ÄNNU."

"Vi kanske behöver mer än en av dessa sessioner tillsammans för att arbeta igenom saker och ting", sa E-Z. Hans andra tallrik full med pannkakor ställdes ner på bordet framför honom.

"Ann ringde precis och bad mig se till att jag tog med en andra omgång pannkakor till dig", sa Emily.

"Tack så mycket. Hälsa Ann att jag hoppas att hon snart mår bättre."

"Det ska jag göra. Vill du ha mer kaffe?"

Sam nickade, så hon fyllde på hans kopp. När Emily gick sa han: "Jag är strax tillbaka" och gick till badrummet.

E-Z vände skärmen mot honom och skrev in:

HUR DÖDAR JAG FURIERNA?

Några svar dök upp, men de handlade alla om hur man besegrar de tre gudinnorna som karaktärer i spelvärlden.

Sam återvände. "Hittade du något?"

"Inget användbart. Fast det står att The Furies rötter kan gå ända tillbaka till förhistorisk tid."

"Tja, Babys härstamning går också ganska långt tillbaka."

"Du skulle ha sett hur snabbt han slukade det där eldklotet! Utan en sekunds tvekan."

När de hade ätit upp tackade de Emily och åkte hem. De var så mätta att de inte trodde att de någonsin skulle äta igen.

"Det var verkligen trevligt att tillbringa morgonen med dig", sa E-Z. "Det kändes som förr i tiden."

"Det gjorde det verkligen. Vi gör om det snart igen. Under tiden ska vi fundera mer på vad vi har lärt oss idag, för som det gamla talesättet säger - där det finns en vilja finns det en väg."

"Sant, sant, farbror Sam. Sant sant."

KAPITEL 12

TILLBAKA TILL HUSET

När de kom tillbaka till huset var det första Sam gjorde att slå armarna om sin fru. Hon var glad att se honom, men hade fullt upp med att förbereda frukosten.

"Kul att du tyckte om det", skrek Samantha.

"Är det något jag kan göra för att hjälpa till?" frågade Sam, medan han bedömde situationen med tvillingarna.

"Allt är under kontroll", sa Samantha, medan tvillingarna bakom henne gav ifrån sig ett skrik.

Mestadels för att Haruto hade pausat en stund från att spela sin version av hon no piku som översatt betyder tittut. I Harutos version gjorde han en grimas, snurrade sedan riktigt snabbt tills han försvann, sedan dök han upp igen och tvillingarna fnissade.

"Det var väldigt kreativt!" sa Sam, medan Lachie klev in för att ta över den underhållande rollen.

Lachie började direkt med några djurimitationer och fick fantastiska recensioner från tvillingarna när han skrattade som en kookaburra:

koo-koo-koo-kaa-kaa-KAA!-KAA!-KAA!

Sedan var det Charles tur att underhålla med sin berättelse De tre stenblocken.

"Iwa?" sa Haruto, vilket översatt betyder stenblock.

"Ja", sa Charles, medan E-Z och Sam drog sig tillbaka till dörröppningen för att också lyssna på berättelsen, medan Alfred, Sobo, Brandy, Lia och Samantha fortsatte med matförberedelserna.

"Det var en gång för länge sedan", började Charles, "en kulle högt ovanför Engelska kanalen. På den fanns många, många stenblock. Faktiskt för många för att man skulle kunna räkna dem.

"Just den här dagen rullade en stor och tung lastbil uppför kullen, med knarrande och gnisslande växlar. När den nådde toppen satte den in en stenlyftare, som kämpade med vikten av varje stenbit. Under några timmar lyckades den samla upp så många stenar som möjligt. Tills lastbilens bakre del var full. Men inte överfull. För då skulle stenarna rulla av lastbilen när den körde, vilket man till varje pris ville undvika.

"Lastbilen körde ner för kullen. Den tömde stenblocken i en annan större lastbil. En lastbil som var för stor för att ta sig uppför backen överhuvudtaget, och som inte hade någon lyftmekanism. När den mindre lastbilen var tom igen åkte den tillbaka upp för backen. Snart var den full igen med stenblock.

"Den här processen genomfördes flera gånger, tills den större lastbilen var full ända upp till toppen. Alla återstående stenblock behövde transporteras i den mindre lastbilen. Nu när båda lastbilarna var fulla var det tunga arbetet avslutat. Så det var dags för lunch. Och männen åt sina smörgåsar och drack sina termosar fulla med varmt, sött te.

"Tillbaka på toppen av klippan återstod bara tre ensamma stenblock. De var ledsna eftersom de hade förlorat sina vänner och kände sig avvisade, oönskade, onödiga och ganska arga på samma gång. Att känna för många känslor samtidigt kan vara förvirrande, men att dela sina känslor med vänner kan hjälpa, så de tre stenblocken diskuterade sin situation."

"Vad gör de med alla våra vänner?" frågade det första stenblocket som hette Rocky.

"Jag vet inte", sa det andra stenblocket som hette Pebbles. "Kanske behöver de också vänner dit de är på väg. Jag kommer att sakna dem."

"Nej", sa den tredje stenbumlingen, som var äldre och klokare och hette Craggy. "De tar inte med dem för att se världen. Inte heller för att vara deras vänner. Vet du inte att de krossar oss för att göra sina vägar."

"Nej!" Rocky och Pebbles ropade. "De kan inte slå våra vänner till mos!"

"Jag önskar att de hade tagit mig också", sa Craggy. "Jag är för gammal för att sitta här uppe i det hårda vädret. De hårda vindarna bryter igenom mitt yttre lager och jag skulle inte ha något emot att spendera min framtid som en väg. Då skulle jag åtminstone ha ett syfte."

"Ett syfte?" Rocky utbrast. "Kallar du det ett syfte att bli krossad och överkörd av fordon varje dag och varje natt?"

"Det är bättre än att sitta här, bara vi tre, för evigt. Jag är trött på vinden och regnet och allt annat", sa Craggy.

"Om du är så angelägen", sa Pebbles, "då behöver du bara rulla dig själv från kanten. Du skulle falla rakt ner i lastbilens baklucka och sedan skulle du åka iväg med resten av våra vänner."

"Åh, det är för långt", sa Rocky medan han rullade sig lite närmare kanten. "Vill du verkligen lämna oss så mycket? Kan du inte hitta ett syfte genom att stanna här med oss? Vi behöver dig. Du är äldre och klokare."

Craggy gick mot kanten och kikade över sidan. Det var sant, lastbilen var precis där. Några svettpärlor droppade ner. Antingen var det svettpärlor eller tårar.

"Det är en fruktansvärt lång väg ner", sa Craggy. "Och det vore inte rätt av mig att lämna er två ungdomar ensamma."

Pebbles sa: "Och tänk om ni missade lastbilen och krossades i småbitar där nere! Vi skulle vara här uppe med den här fantastiska utsikten och ni skulle vara där nere helt ensamma."

"Dessutom", sa Rocky, "kanske de kommer tillbaka efter oss en dag. Under tiden kan vi prata och njuta av utsikten och den friska luften."

Under dem startade lastbilen om.

CHUGGA CHUGGA VROOM, VROOM.

"Det är nu eller aldrig", sa Craggy när lastbilen körde iväg.

"Vi är åtminstone tillsammans", sa Rocky.

"De tre stenblocken trängde ihop sig axel mot axel. De vände ryggen mot vinden, andades in den friska luften och tittade ut på den vackra utsikten över solnedgången vid horisonten.

"Sensmoralen i den här historien är", sa Charles...

Det var de sista ord E-Z hörde innan han var tillbaka i den förbannade silon igen.

KAPITEL 13

SILO

"**V**älkommen tillbaka!" sa rösten i väggen med en uppsluppenhet som fick E-Z:s axlar att spänna sig som om någon stod på dem. Han ville inte svara utan rullade axlarna först framåt och sedan bakåt i hopp om att lätta på spänningarna.

"DOT. DOT," sa en andra röst i väggen, men den här gången var rösten tystare, nästan som en viskning.

Han öppnade munnen för att svara men kom inte på något, så han förblev tyst, förutom knäppandet av fingrarna som han hoppades skulle lätta på hans spända kropp.

Den första rösten, med en mer lugnande ton, frågade: "Jag ser att du känner dig spänd, orolig. Finns det något jag kan ge dig för att fördriva tiden under din väntan? En dryck? En bok? En resa i dina tankar?"

Hon var mycket klarsynt för att vara en röst i väggen, och det hjälpte honom att slappna av lite, men han var inte särskilt sugen på att ta emot hennes erbjudande eftersom han inte hade en aning om vad en resa i sinnet skulle innebära.

"Jag ser att du är tveksam..."

Han satt rak och lång i sin stol och trummade med fingrarna på armarna som om han rockade loss till Deep Purples Smoke on the Water. Han och hans far hade duellerat på en föråldrad version av Guitar Hero, och de hade haft jättekul. Att minnas det ögonblicket nu fick honom att känna att hans far var i silon med honom.

"Är du säker på att du inte vill ha en resa i ditt sinne?" frågade kvinnan i väggen igen. "Du kommer att få en explosion!"

En explosion. Han hade just använt det ordet i sitt sinne för att beskriva Guitar Hero-ing med sin far. Kvinnan i väggen kunde utan tvekan läsa hans tankar.

"Uh, vad exakt är det?" frågade han. "Jag säger inte att jag vill prova på det, inte förrän jag vet mer om vad det innebär."

"Jo, det är en plats dit jag kan skicka dig. En speciell plats där du kan leva en dröm."

Det lät otroligt...och innan han hann svara...

DUH DUH DUH,

DUH DUH DUH DUH

DUH DUH DUH

DUH DUH DUH.

Han stod på scenen och spelade gitarr med ett band som han genast kände igen som det ursprungliga Deep Purple.

Sångaren, som hade lämnat bandet men spelade den ursprungliga gitarren på Smoke in the Water, verkade inte ha något emot att E-Z nu spelade sin roll och inte gjorde ett dåligt jobb heller. Sångaren gav honom tummen upp och gick sedan över scenen till där E-Z satt i sin rullstol. Tillsammans spelade de några riff medan publiken skrek, jublade och applåderade. Innan han visste ordet av var han tillbaka i silon igen, men den spända känsla han hade upplevt tidigare var nu helt borta.

"Tack så mycket! Uh, det var helt jävla fantastiskt! Jag kan inte säga hur mycket det betydde för mig. Jag kommer aldrig att glömma det. Aldrig!" Han tvekade och tänkte att det enda som hade kunnat göra det bättre hade varit att ha sin pappa med sig där uppe på scenen.

"Ledsen att jag inte kunde inkludera din far ... men det var bara en förhandsvisning. Och du är mycket välkommen. Nu, sitt kvar. Väntetiden är en minut."

"Jag tror att den riktiga grejen skulle få mig att tappa hakan då!" sa E-Z medan han lutade huvudet bakåt och återupplevde upplevelsen igen och redan kände sig så fullständigt avslappnad att han kunde ha tagit en tupplur.

PFFT.

Doften den här gången var annorlunda, pepparmynta och något annat som han inte riktigt kunde sätta fingret på.

"Det är rosmarin", sa rösten i väggen.

"Ganska uppfriskande." Han blundade och gick omkring i sina tankar när taket ovanför hans huvud gapade upp. Han skakade på huvudet, öppnade ögonen och förberedde sig på vad som skulle komma.

Ljusstrålar slog in i metallbehållaren, studsade och studsade tillbaka från vägg till vägg. Han höll för ögonen för att skydda dem från den oroande ljusshowen. När de studsande ljusstrålarna upphörde kom en figur in genom det öppna taket. Vilken entré hon hade gjort. Det var Raphael.

"Uh, hej", sa han. "Det var ingen dålig entré."

"Jag har blivit befordrad", medgav ärkeängeln, "och det krävs en viss mängd flärd. Kanske lite överdrivet i det här fallet, men det är en relativt ny befordran. Alla befordringar har en inlärningskurva."

"Grattis till befordran."

"Tack, låt oss nu komma till saken och fråga varför du är här."

"Visst."

E-Z väntade tålmodigt på att Raphael skulle tala igen, men under en längre tid gjorde hon inte det. Istället flög hon omkring, som en fågel som testar sina vingar för första gången. Visade hon upp sig? Om ja, varför? Sedan såg han det, hon hade på sig ett par helt nya glasögon. Dessa var större, mer distinkta med större bågar och tjockare linser och fick henne att se ut som en kvinnlig version av Mr McGoo.

"Uh, snygga glasögon", ljög han.

"De var inte mitt förstahandsval", erkände Raphael, "men de får duga." Hon flyttade sig närmare där han satt och svävade. "Det verkar så." Hon stannade och rörde sig obekvämt.

SKIDOO

En stol anlände, som hon satt i en sekund.

SKIDOO

Och den var borta. Hon svävade igen. Placerade sin öppna handflata på sidan av sitt ansikte. "Några saker har kommit till vår kännedom. Jag menar inte det i kunglig mening, jag menar det som i alla ärkeänglar."

"Såsom?"

Återigen rörde hon på sig.

"Ska jag be väggen att spreja lite lavendel för att få dig att slappna av? Du verkar ganska spänd."

Sedan var hon i hans ansikte och skrek: "LAVENDEL FUNGERAR INTE PÅ ARKANGELER! Det är en vidrig, mänsklig..." Hon tog ett djupt andetag. "Jag är verkligen ledsen."

"Det är okej. Jag fattar, du har dåliga nyheter att berätta för mig. Det är bättre att riva av plåstret. Vad jag menar är att du bara ska säga det rakt ut."

"Då så. Då kör vi."

E-Z lutade sig närmare, "Okej, skjut."

Från högtalarna i väggen spelades en låt, något om att skjuta en sheriff.

Han nynnade med först, "Stopp!" E-Z kommenderade. "Och berätta varför jag är här."

"Han vill gå rakt på sak", sa Raphael till sig själv. "Nåväl, här är det. Jag ska gå rakt på sak."

"Okej, gör det." sa E-Z och önskade att hon skulle göra det.

"I ett nötskal", sa hon, "har Eriel blivit tagen på bar gärning - spelat för båda sidor."

"Spelar vad?" Sedan var det något i hans sinne som förändrades. "Nej, du kan väl inte mena att han förrådde oss?"

Hon knackade med sitt beniga finger på hakan, medan E-Z öppnade och stängde munnen som en minnow utanför vattnet.

"Ja. Eriel var personligen ansvarig för din vän Rosalies död. Han var också ansvarig för förstörelsen av Vita rummet. Bara han. Allt Eriel."

E-Z tog in allt. Stackars Rosalie. "Vänta! Jobbade han inte för dig? Jag menar, var inte du ansvarig för honom? Hur kan det här ha hänt under din övervakning? Jag har läst en del om ärkeänglar, men att förråda barn som frivilligt hjälper dig är så lågt man kan sjunka. Jag antar att leoparder inte ändrar sina fläckar."

"Jag var inte ansvarig för Eriel. Han och jag var arbetskamrater, kamrater. Vi arbetade tillsammans och jag trodde att vi respekterade varandra. Jag hade fel."

"Och ändå blev du befordrad."

"Ja, men de två sakerna var inte direkt kopplade till varandra. Allt jag kan säga är att Eriel en gång var en av oss, men nu är han inte det längre. Efter att ha förrått oss, och dig. Efter att ha vänt ryggen åt sina principer - allt vi står för - är han ute. Jag menar permanent ute."

E-Z flämtade till. "Menar du att Eriel har avslöjat oss? Med oss menar jag mig och mitt team?"

"Michael, som är vår ledare, har förhört Eriel. Det krävdes en del för att få honom att prata. Men han har erkänt att han förde Furierna tillbaka till jorden. Att använda dem för att avancera sin station. Det finns ingen försoning. Ingen förlåtelse för Eriel."

"Jag är mållös. Hur kunde det här hända?"

"Hur? Tja, om vi visste hur så skulle vi veta varför - vilket vi inte gör. Vad vi vet är att han är Eriel och Eriel gör alltid det som är bäst för Eriel. Vi visste att han hade problem, men ändå fortsatte vi att ge honom möjligheter att bevisa sig själv - och när han svek oss - förlät vi honom och gav honom en ny chans och en ny chans. Vi fortsatte att tro på honom tills nu. Han är slut. Färdig."

"Färdig? Menar du död? Dör ärkeänglar? Och varför gav du honom så många chanser? Känner du inte till talesättet, tre slag och du är ute?"

"Ja, jag har hört den baseballterminologin, men vi är ärkeänglar och vi förväntas alla misslyckas, eller återfalla på någon nivå. Och du har rätt om incidenten i Edens lustgård. Vår historia går långt tillbaka ... men vi trodde att vi gjorde bättre ifrån oss, förbättrade oss. Jag är själv skyddshelgon för unga människor, som du och dina vänner.

"Det var därför jag föreslog att vi skulle arbeta med er för att besegra de hemska furierna. Det var Eriel som uppmuntrade mig att göra det. Det var han som upptäckte dig. Som skickade Hadz och Reiki till dig. Fram till dess att de hemska systrarna anlände tillförde vi något positivt till allas era liv... Vi gav er ett syfte. Kommer du ihåg när du ville ge upp? Det gjorde du inte eftersom vi hjälpte dig att fortsätta."

"Okej, jag förstår att Eriel är en skurk. Vad betyder det för mig och mitt team? Från där jag sitter har vårt uppdrag äventyrats. Så vi är ute och jag tycker att du borde gå vidare till plan B."

"Problemet är", sa Raphael och stannade sedan upp när taket ovanför öppnades igen och Ophaniel anlände utan någon som helst försköning när hon svävade ner mot dem.

"Det var länge sedan", sa Ophaniel riktat till E-Z. Sedan till Raphael, "Är han uppe i varv?"

"Ja, det är han. Och jag är glad att du är här eftersom han vill veta vad vår Plan B är."

Ophaniel nickade. "Mycket bra. För att uttrycka det så tydligt som möjligt, vi har ingen Plan B eller C eller D - eftersom du och ditt team var alla våra planer i ett."

E-Z skakade på huvudet i misstro. "Har ni ärkeänglar inte hört frasen, lägg inte alla dina ägg i samma korg?"

Ophaniel skrattade. "Ja, dess ursprung är från Cervantes karaktär Don Quijote, men det har aldrig riktigt varit meningsfullt för mig. Kanske för att vi ärkeänglar inte äter ägg. Blotta tanken på deras geléaktiga okethet - usch - får mig att vilja spy."

"Jag också", sa Raphael och höll för munnen med baksidan av sin hand. "Förutom att de ser så äckliga ut, varför lägger man ägg i en korg överhuvudtaget? Varför inte en skål? Om man tillagar ägg..."

"Jag håller med", sa Ophaniel. "Jag har sett Jamie Oliver laga en omelett. Han använder en skål först, sedan tillagar han dem."

"Åh, broder och jag kan inte tro att ni ärkeänglar tittar på någon TV, än mindre Jamie Oliver." Han skakade på huvudet. "Det betyder att om du lägger alla äggen tillsammans på ett ställe - som en korg eller en skål eller panna eller vad du föredrar - om du tappar korgen eller skålen eller pannan - då kommer alla äggen att brytas och förstöras av skalen - så du kommer inte att ha några ägg till frukost."

"Men kycklingar lägger väl ägg varje dag? Så om du inte får ägg idag är det bara att komma tillbaka imorgon", säger Ophaniel.

"Vad är en dag utan ägg?" frågade Raphael.

E-Z öppnade sin hand och slog den mot sitt huvud. "Argghh!" Ärkeänglarna tittade på honom och väntade medan han andades in mycket djupt och sedan andades ut mycket högt. "Vad ska vi göra åt den här Eriel-situationen?"

"Först," sade Ophaniel, "här återvänder till dig idag, på din speciella begäran är, trumvirvel - dina två vänner..."

POP

POP

Hadz och Reiki, eller vad som liknade de två wannabe-änglarna, anlände. De var svärtade av sot från topp till tå. Deras kronblad var ojämna, trasiga, vissa var öppna och uppåt, andra var döda och vissna. Deras vingar hängde, som om de hade glömt hur man flyger eller inte hade någon vilja att göra det längre, och deras ansikten, uttrycket i deras ansikten var en extrem förtvivlan.

"V-vad hände med dem?" frågade han.

Ophaniel gick närmare de två fördrivna wannabe-änglarna och de ryggade tillbaka.

"Ni är i säkerhet nu", sa Raphael med en mjuk moderlig röst, vilket fick dem att börja snyfta, vilket övergick i klagan.

Ophaniel höll för öronen, flyttade sig sedan närmare E-Z och viskade. "Eriel hade fängslat dem. Det tog oss lite tid att hitta dem den här gången. Stackarna kunde inte hjälpa sig själva eftersom han berövade dem deras krafter."

"Stackare," sa E-Z.

E-Z, Ophaniel och Raphael vände sig mot varelserna. Hadz och Reiki försökte le. De kom inte ens i närheten.

De två kastade sig omkring, som om de kämpade mot en flock gamar.

"Var stilla", sa Ophaniel.

Hadz och Reiki upphörde att röra sig. Nu satt de som ett par smutsiga dockor med ögonen fixerade på ingenting och ingen. De var en skugga av sina forna jag.

"Jag vill inte vara oförskämd", viskade E-Z, "men i sitt nuvarande tillstånd kommer de inte att vara till någon större hjälp för oss. Om du kan övertyga oss om att gå vidare med den här planen under rådande omständigheter."

E-Z:s ord träffade de två blivande änglarna som ett slag i ansiktet.

POP

POP

"Så oförskämt och onödigt grymt!" Ophaniel skällde innan hon försvann.

ZAP

"Du har visat oss en mycket grym sida av din karaktär E-Z Dickens och om din mamma och pappa var här skulle de skämmas över dig."

"Förlåt," sa E-Z, "men prata aldrig med mig om mina föräldrar. För er ärkeänglar är de tabu. Förstått?"

Raphael nickade.

"Dessutom menade jag inte att såra deras känslor. Naturligtvis kan vi använda dem. Om vi måste slåss mot Furierna så kommer vi att behöva all hjälp vi kan få. Kom tillbaka snälla Hadz och Reiki. Ge mig en chans till."

Ingenting.

E-Z försökte igen. "Kom tillbaka och ni kommer att vara mycket välkomna medlemmar i vårt team."

POP

POP

Paret var nu rena och prydliga som sina gamla jag.

"Välkommen tillbaka", sa E-Z.

Hadz och Reiki flög över till honom. Var och en tog plats på en av hans axlar. De skakade, ofrivilligt, rädda för sina egna skuggor.

"Det kommer att bli bra", sa han. "Vi skyddar dig nu när du är medlem i vårt team."

De försökte le, och han uppskattade ansträngningen.

"Så", sa E-Z, "vad exakt berättade Eriel för Furierna om oss?"

"Han berättade för dem att vi skickade barn för att besegra dem - det är allt."

"Är det vad han berättade för dig? Hur vet vi att han inte ljuger? Och hur får vi reda på vad Furierna har för slutspel?"

"Vi tror oss veta att The Furies och Eriels slutspel var att kontrollera jorden. De skulle slå till mot EARTH PAUSE och förvandla den till New Hades, dvs. helvetet på jorden. Där de kunde härska genom att bilda ett team av själar som skulle vara i deras våld. Ja, de skulle släppa ut själar för att ströva fritt, men när de väl hade sin frihet - skulle de behöva ge upp den."

"Varför skulle de gå med på att ge upp den?" frågade han.

"Därför att människor, även mänskliga själar, inte kan hantera begreppet frihet. Istället föredrar de att vara begränsade. Brist på frihet är människans trygghetsfilt."

"Det är en lögn", sa E-Z. "Det gör mig så arg! Vi människor kan uppskatta vår frihet. Vi älskar naturen, att kunna andas i luften, att dela våra tankar och känslor med andra, att uppskatta världen och allt vi har i den."

"Arg nog att kämpa för din frihet och för andras frihet?" sa Ophaniel.

E-Z hade inte ens märkt att hon hade återvänt.

"Ja," sade han. "Men säg mig, i deras nya värld skulle de bara välja de själar som de kunde kontrollera. Vad skulle hända med de andra?"

"De skulle flyta omkring för evigt, utan hem", sade Raphael. "I deras nya värld skulle livet efter detta elimineras. Jorden skulle för alltid befinna sig i ett tillstånd av paus. Själar skulle finnas kvar i kroppar som inte längre var levande, och de skulle inte heller vara döda. Inga fler hjärtan skulle slå. Ingen mer kärlek och inga fler barn skulle födas. Inga själar att stiga upp - längre - någonsin."

E-Z förblev tyst, tänkte och tog in allt.

Rösten i väggen frågade: "Är det någon som vill ha en förfriskning?"

"Nej tack", sa han, men han var glad över avbrottet eftersom det förde honom tillbaka till ögonblicket. "Jag förstår vad Eriel använde Furierna till att göra. Faktum kvarstår att han är en ärkeängel som du, och du visste att han hade problem, ändå gav du du honom chans efter chans även när han inte förtjänade det. Så nu undrar jag varför vi, jag själv och mitt team ska fixa vad en av dina egna ärkeänglar har ställt till med?"

"För att..." Raphael började.

"Jag var inte klar än," sa E-Z, "innan när du och Eriel besökte mitt hus, när han träffade min familj och de andra teammedlemmarna, trodde vi att han var på vår sida. Han har sett var vi bor. Han vet allt om oss. Vi är i stor fara på grund av honom."

"Det är sant," sa Ophaniel.

"Obestridligt och vi är mycket ledsna", sa Raphael.

"Låt Eriel kalla tillbaka dem. Han skapade den här röran och han borde fixa det." Han slog sina knutna nävar mot stolsarmarna och fick Hadz och Reiki att hoppa till och darra. Han klappade de blivande änglarna på huvudet. "Det är okej, jag är ledsen att jag gjorde er upprörda."

"Bravo!" Hadz jublade.

"Hurra!" ropade Reiki.

Raphael och Ophaniel sade unisont: "Eriel är instängd djupt inne i jordens inre. Han är på en plats dit ingen människa borde våga gå. Kort sagt, han kan inte nås."

"Men vi rymde från gruvorna en gång", sa Reiki.

"Två gånger", sade Hadz.

"Han är inte i gruvorna, han är på en annan plats, längre ner, inte så långt ner som i bränderna, men på en annan plats där det är så kallt att allt blir till is, till och med blodet som flyter genom venerna. En plats där ingen människa kan överleva!

"Eriel är också maktlös där eftersom hans har tagits bort. Han är inlåst, han ser ingen. Hör ingenting. Han kommer aldrig att tillåtas lämna den platsen - ALDRIG."

"Jag vill prata med honom", sa E-Z. "Jag måste ställa frågor till honom - frågor som bara han kan svara på."

Raphael och Ophaniel ropade: "Det får ni inte! Ni får inte!"

"Då drar jag tillbaka mitt teams stöd. Vänligen återför mig till mitt hem. Haruto och de andra kan återvända till sina familjer." Han slutade tala när en blixt av PJ och Arden blinkade i hans sinne. Om han inte gjorde något skulle de fastna i koma, kanske för alltid.

Han mindes alla gånger de hade hjälpt honom. Hans första dag tillbaka i skolan i rullstol. När de fick honom att börja spela baseboll igen - alla killarna i laget var på planen för att hälsa på honom. När de hjälpte honom genom allt när hans föräldrar dog. En tår föll ner på hans kind. Han torkade bort den.

"TA HONOM!" dundrade en röst i väggen.

Sedan blev det plötsligt väldigt, väldigt kallt. Så kallt att han verkligen kunde känna hur blodet i hans ådror förvandlades till is.

KAPITEL 14
ERIEL PÅ IS

ALLDELES ENSAM. Så VÄLDIGT ensam. Och så kallt, så väldigt väldigt kallt. Det var som om han befann sig inuti en urholkad isbit. När han andades in fyllde isen hans lungor.

Han gick till kanten. Han andades in i den. Den immade igen. Det var inte en isbit, det var en glaskub. Och det fanns ett handtag. Det såg ut som om det var gjort av medalj. Han var rädd att hans hud skulle fastna på den, så han använde sin skjorta och öppnade den.

Det som fanns inuti var en samling varma filtar, täcken, koftor, mössor, handskar - hela paketet. Han sträckte in handen och klädde på sig.

När han stoppade in armarna i koftan flög tankarna tillbaka till en gång när hans pappa hade en liknande tröja på sig på en skidresa. Den var grön, precis som den här, och på utsidan kändes den repig att ta på, men på insidan var den varm som rostat bröd. När han drog den runt sig och knäppte den framtill fylldes hans näsborrar av den ekiga doften av hans fars favoritrakvatten. kände doften av hans fars rakvatten i den. En stark känsla av déjà vu överväldigade honom när han stoppade fingrarna i ett par svarta sammetshandskar - handskar som han svor på hade tillhört hans far. Men det kunde de inte vara eftersom allt hade förstörts i branden. Han svepte armarna om sig och försökte värma sig. Han tänkte att det var kylan som tog över hans kropp och sinne.

Han knuffade undan några andra saker och upptäckte en filt längst ner i lådan som han kände igen direkt. Handstickad av hans mamma på soffan natt efter natt och när den var klar tog den sin plats - på baksidan av lädersoffan. För filmkvällarna och för att täcka ögonen om något läskigt hände.

Han tog av sig handskarna och rörde vid den, för att se om den var äkta, och strök den sedan mot kinden. Den blommiga doften av hans mors parfym nådde honom, tröstade honom. En tår rann nerför hans kind när han tog på sig handskarna igen och sedan svepte in sin mors filt runt sin fars kofta. Han bar filten som en huva och tog in sin omgivning.

Över hans huvud, men pekande nedåt med sina vassa spikar, fanns stalaktiter gjorda av is i alla storlekar och former. Om en av dem föll skulle de genomborra hans skalle och fortsätta genom honom ända ner till tårna. Han önskade att han hade en bygghatt -

BINGO

Och en gul skyddshjälm dök upp på hans huvud, sedan en till och en till och en till. Han kände sig som Nicke Nyfiken och log. Nu var han redo för vad som helst.

Han letade efter en dörr och rörde sig längs kubens väggar. Inget handtag syntes. Vad var det för fängelse de hade släppt in honom i?

Till slut hittade han kanter, i mitten av den högra väggen. Han tog av sig en handske och använde sin nagel för att skrapa på ytan av vad han snart upptäckte var ett fönster. Det han såg fick honom inte att känna sig mindre orolig. Hans kub var en av många som sträckte sig längs tunneln så långt ögat kunde se. Ingen av de boende syntes bakom sina egna kubbar med överglasade fönster.

Han andades på glaset och skrev ordet "HJÄLP!" baklänges ifall någon skulle se det. Sedan raderade han det snabbt och kom ihåg vem han hade kommit för att träffa: Eriel.

E-Z rörde sig längs kubens framsida, till den bortre sidan och hittade återigen en ram som han var säker på var ett fönster. Han skrapade bort ytan och hittade snart den han letade efter: förrädaren.

Den en gång så mäktige ärkeängeln såg patetisk ut, som om någon hade stuckit honom med en nål och släppt ut all luft. Hans kropp var fäst vid väggen. Först trodde E-Z att han hölls på plats av gravitationen eller någon osynlig kraft, men när han tittade närmare insåg han att hela Eriels kropp var innesluten i ett tjockt isblock. Eriels kub hade formats efter hans kropp, därför fyllde isvatten varje skrymsle och vrå i hans kropp och han, till skillnad från E-Z, hade inte tillgång till filtar.

CLANK. CLANK. CLANK.

E-Z böjde nacken åt vänster när han hörde ljudet av fotsteg. Han kunde känna att saken kom närmare, men han kunde inte se den.

CLANK. CLANK. CLANK.

E-Z skakade på huvudet. Han var tvungen att fokusera, att stanna kvar i ögonblicket, och ändå upplevde han ännu en konstig känsla av déjà vu.

Hans tankar flög tillbaka till den dröm han hade för en tid sedan om en födelsedagsfest med PJ och Arden. I den drömmen hade en figur med huva anlänt och gjort ett liknande ljud. Drömmen hade handlat om att hitta en saknad basebollkeps.

När ljudet blev öronbedövande fick han en skymt av figuren, som var en krigare, större än livet med vingar lika stora som två fullvuxna lönnträd. I ena handen bar ärkeängeln en gyllene sköld och i den andra ett svärd. E-Z skyddade sina ögon när ljuset träffade svärdets skrov.

CLANK. CLANK. CLANK.

Ärkeängelkrigaren stannade framför Eriel, som inte lyfte blicken för att möta nykomlingens blick.

Innan han stannade hade E-Z inte lagt märke till ärkeängelns enorma vingar, som hade vilat medan han hade gått. Nu höjde krigaren sig upp så att hans och Eriels ansikten var i nivå.

"Du har en besökare", sade han.

Eriels ögon var fortfarande sänkta.

"Dina ögon lurar mig inte", sade krigaren. "Du har skämt ut dig själv. Du har skämt ut oss alla - och ändå är du inte ledsen, och du ångrar dig inte. Tala till mig.

Berätta för mig varför jag överhuvudtaget ska tillåta dig att ha en besökare."

Eriel fortsatte att titta på golvet medan han mumlade något ohörbart.

"Tala högre!" krävde krigaren.

"Jag ångrar mig!" Eriel spydde. "Jag ångrar att jag misslyckades med att..."

"Tystnad!" krävde krigaren.

CLANK. KLANK. CLANK.

Nu stod krigaren på andra sidan glaset, ansikte mot ansikte med E-Z.

"Jag är Michael", sa han.

"Uh, hej, jag är E-Z." Han kände igen mannens röst. Det var han som beordrade Raphael och Ophaniel att låta honom tala med Eriel.

"Res dig upp", sa Michael.

"Jag kan inte gå", sa han.

"Du kan om jag säger det", avslöjade Michael, "och jag säger det. Stig upp E-Z Dickens!"

E-Z kände sig som en av dem som förbereder sig för att bli helad vid en gudstjänst på TV. Motvilligt lyfte han sig ur stolen. Hans ben vacklade lite, mer av rädsla än av misstro. Michael var trots allt den mäktigaste ärkeängeln. Sekunder senare stod E-Z rakryggad innanför isväggen.

"Du bad att få tala med den där saken, den fallna saken där borta på väggen. Han kommer inte att hjälpa dig eftersom han är rutten ända in i märgen. Och ändå BORDE han hjälpa dig. Han BORDE hjälpa oss alla för att rädda sig själv från att förvandlas till en isskulptur - ett permanent inslag på den här platsen."

Med varje ord som Michael sa fick han E-Z att känna sig starkare och mer självsäker.

Eriel höjde blicken.

För en sekund skymtade E-Z något där. Var det nederlag? Var det ånger?

Eriel slöt ögonen medan hans kropp blev slapp i det isfängelse som höll honom fången.

"Jag tror att han svimmade", sa E-Z.

CLANK. CLANK. CLANK.

Michael återvände för att ta en närmare titt på sitt fängelse av is. En orm gled ut från toppen av hans stövel och började krypa mot Eriels ansikte. Saken slingrade sig upp, upp, med sin kluvna tunga som rörde sig fram och tillbaka som om den var hungrig efter blod.

Michael sade: "Min väns kropp smälter sig fram mot ditt ansikte, Eriel. Ska du inte öppna ögonen och säga hej?"

Eriel öppnade ögonen och när han såg ormen ta sig uppför hans kropp gav han ifrån sig ett skrik.

"GARUUUUUUUUUUUMMMMMMM!"

Michael knäppte med fingrarna och ormen slutade röra sig. Med hjälp av sin nagel skrapade Michael isen. I den vibrerade Eriels kropp. Som om han fick en elektrisk stöt.

"MMMMM,hhhhh,MMMMMMM!"

"Sluta!" E-Z skrek och höll för öronen. "Snälla!"

Michael slutade scarping. Han höjde armen och ormen slingrade sig runt och slingrade sig tillbaka till insidan av hans stövel.

"Den här pojken visar dig nåd, Eriel. Det är mer än du förtjänar."

Eriel fortsatte att stöna i förtvivlan.

Michael fortsatte och vände sig mot E-Z: "Jag ger er fem minuter att ställa alla frågor ni kan tänkas ha till Eriel."

Sedan till Eriel: "Vi kan tvinga dig att tala med honom, men jag skulle föredra om du valde att hjälpa honom av egen fri vilja. En gång i tiden valde du att rädda den här unga pojkens liv. Han återbetalade i sin tur sin skuld. Nu har du svikit oss och du måste förtjäna vårt förtroende på nytt."

Michael lyfte sin fot och sparkade på den isstruktur som Eriel var inkapslad i. Den skakade, men sprack inte eller splittrades.

"Du äcklar mig! Du förväntar dig att den här människopojken ska rätta till dina misstag. Att i själva verket rätta till dina fel. Ändå vill han ge dig en chans att besvara hans frågor. Så hjälp honom. Det här är din enda chans, din enda möjlighet att bevisa för oss att du fortfarande har något inom dig som är värt att rädda. Någon del av dig som ännu inte har blivit rutten in i märgen."

Eriel höjde sina ögon, "Sire." Han sänkte dem igen.

"Du kan bli förlåten, men om du väljer att inte hjälpa honom - din brist på samarbete kommer att bli vederbörligen noterad."

Eriels ögon förblev fokuserade på golvet.

"Förstår du?" frågade Michael. När Eriel inte svarade, dundrade Michaels röst fram: "FÖRSTÅR DU?"

Det verkade för E-Z som om isen runt omkring honom skakade och darrade vid blotta ljudet av

Michaels röst och han var än en gång tacksam för alla hjälmar som skyddade hans skalle. Han hoppades att de skulle räcka, annars skulle han bli begravd på den här platsen med Eriel och Michael för alltid och han skulle aldrig få se Uncle Sam, eller sina vänner, någonsin igen.

Eriel nickade.

"Fem minuter", sa Michael.

CLANK. CLANK. CLANK.

Och han var borta.

Han och Eriel var ensamma.

E-Z flyttade sig närmare Eriel och frågade: "Hur kan vi besegra Furierna?"

Eriel öppnade munnen för att tala, men sa ingenting. Han slöt sina ögon.

"Snälla", vädjade E-Z. "Snälla hjälp oss."

CLANK. CLANK. CLANK.

Michael var redan tillbaka. Det kunde inte ha gått fem minuter - inte än. Han hade inte lärt sig någonting, ingenting alls av Eriel.

Eriel med sammanbitna tänder viskade tre ord: "Använd Raphaels glasögon."

"Va?" E-Z skrek och slog sina nävar mot isväggen. "Hur?"

Nästa sak han visste var att han var tillbaka i köksdörren igen. Han hade inte längre sina föräldrars kläder på sig, men doften av hans fars rakvatten och hans mors parfym dröjde sig kvar. Han kramade om sig själv och lyssnade när Charles förklarade sensmoralen i sin historia.

"Sensmoralen i min berättelse", sa Charles, "är att allt är bättre när man har vänner att dela det med."

"Åh", sa E-Z när Samantha meddelade att frukosten var serverad.

"Ställ upp er här. Ta en tallrik, servett och bestick. Ta för dig", sa hon. "Det är ett smörgåsbord."

Sobo sa "Sumogasubodo!" till Haruto som skrek av förtjusning.

"Jag gjorde lite sushi", sa Samantha. "Det var första gången för mig."

Sobo nickade, "Tack, men låt mig hjälpa dig nästa gång."

Samantha nickade, "Det skulle vara underbart."

E-Z flyttade fram sin stol.

Farbror Sam viskade och gick bredvid honom, "Vart tog du vägen? Jag menar, du var där och din stol var där, men du var någon annanstans också, eller hur?"

"Ja, jag ska förklara senare. Jag behöver tid att bearbeta allt som hände. Ge mig några minuter. Åh, och förresten, tack."

"För vad?" frågade Sam.

"För frukosten, det var som förr i tiden. Kul."

"Låt oss se till att vi gör det igen snart."

"Definitivt", sa han när han gick till sitt rum.

KAPITEL 15

HEM LJUVA HEM

N U NäR DE VAR ensamma kändes det bra att veta att Eriel inte längre var ett fysiskt hot mot dem. Han hade blivit oskadliggjord tack vare Michael, men först efter att han hade förrått alla.

Eriel hade gått alldeles för långt, men varför? Varför skulle han förråda sin egen sort? Han visste mycket väl att Michael var mäktigare än han. Det var obegripligt.

POP.

POP.

"Välkommen hem!" sa han.

Hadz och Reiki landade framför honom på sängen, "Tack, E-Z. Du behandlar oss alltid vänligt."

"Jag är ledsen att Eriel var så hemsk mot dig. Det är bra att han är inlåst nu. Det är vad han förtjänar."

"Vad tyckte du om dem?" frågade Hadz.

"Jag är inte säker på vad du menar."

"Vi skickade lådan."

"Åh, det kanske inte fungerade", sa Reiki.

"Var det du?" E-Z:s ögon tårades upp.

"Glad att den kom fram säkert", sa Hadz när de två wannabe-änglarnas leenden sträckte sig över deras ansikten på ett sådant sätt att det verkade som om resten av deras drag förminskades.

"Tack så mycket. Jag trodde att allt som tillhörde mina föräldrar hade förstörts i branden." Han tog ett djupt andetag och kämpade mot tårarna. "Jag önskar bara att jag kunde ha tagit med mig det tillbaka hit. Även om det betydde mycket att bara ha den för..."

ZAP.

"Allt du behövde göra var att säga ordet. De är ju trots allt dina", sa de.

Den låg där, vid änden av hans säng. Hans föräldrars låda, eller vad de kallade sin filtlåda. I den fanns skatter som han hade gått igenom som barn. Och nu var den hans. En påtaglig skattkista fylld med minnen av hans föräldrar.

"Men hur då?" frågade han.

"Vi lyckades rädda några saker genom att gå in och ut när huset brann", säger Hadz.

"Vi bestämde oss för att förvara dem säkert åt dig, tills du var redo att få tillbaka dem. Vi hoppas att tajmingen var rätt."

Som i en dröm rörde han sig mot kistan och öppnade locket. En doft av hans fars mustiga och träiga after shave blandat med hans mors söta och citrongula parfym mötte honom som en omfamning. Han var noga med att inte släppa ut allt på en gång och stängde försiktigt locket.

"Jag kan inte tacka er två tillräckligt. Jag kommer aldrig att kunna tacka er. Jag kommer att gå igenom allt en annan gång. Återigen, tack så mycket båda två." Han sträckte ut sina armar och de två blivande änglarna flög in i dem.

"Han börjar bli för blödig", sa Hadz.

"Har någon sagt till dig att du behöver klippa dig?" frågade Reiki.

E-Z fingerkammade hans hår och klappade ner mittpartiet som, på grund av att han befann sig i jordens iskalla inre, stod upp som borst i en borste. "Bättre?"

"Lite," sa Hadz.

"Okej, jag måste fokusera. De andra kommer snart hit för att få en uppdatering om Eriel-situationen. Jag måste berätta för dem om Michael. Tror du att de blir imponerade av att jag träffade honom?"

"Det spelar ingen roll om de blir imponerade", sa Hadz. "Det viktiga är om Eriel berättade något värdefullt för dig?"

"Ja, men jag försöker fortfarande lista ut vad han menade."

"Berätta för oss, så kanske vi kan lösa mysteriet!"

"Vad vem menade?" frågade Alfred när han stack in sin näbb i rummet.

"Kom in," sa E-Z.

Alfred vadade in. Det var ruggningsäsong och några fjädrar fladdrade bakom honom. "Hej Hadz, hej Reiki."

"Hej", svarade de.

"Lång historia, men för att komma direkt till saken kallades jag tillbaka till silon där Raphael och Ophaniel informerade mig om en situation med Eriel. Han har arbetat på alla sidor. Låtsats vara allierad med oss, ärkeänglarna och Furierna. Oroa dig inte, hans förräderi upptäcktes och han blev tillfångatagen och fängslad. Han vaktas av ärkeängeln Michael som lät mig tala med Eriel en kort stund."

"Och vad sa Eriel?" frågade Alfred.

"Jag hade bara tid att ställa en fråga till honom. Så jag frågade honom hur vi skulle kunna besegra Furierna. Det var därför jag kom hit, för att tänka på vad han sa."

"Ah, så du ville vara ensam?" frågade Alfred. "Kom igen Hadz och Reiki, låt oss ge E- lite lugn och ro." Han gick mot dörren, men de stod kvar där de var.

"Ett löst problem är ett delat problem", sjöng de.

"Det är sant. Och det var sensmoralen i Charles berättelse."

"Okej, samlas här." Han gjorde en paus och sa sedan: "Eriel sa att vi skulle använda Raphaels glasögon."

"Just det, är det så?" sa Alfred. "Jag förstår varför du inte är säker på vad han menade. Det är väldigt vagt."

"Ja, jag vet. Och han sa inte hur man använder dem."

Hadz lutade sig fram och viskade något till Reiki.

POP.

POP

Och de var borta.

"Du kanske ska börja från början. Berätta exakt vad Eriel berättade för dig."

"Det har jag redan gjort. Han sa att jag skulle använda Raphaels glasögon. Det var allt. Michael hade oss på en tidsklocka. Först trodde jag att Eriel inte skulle säga ett ord. Han sa de tre orden och tiden rann ut. Nästa sak jag visste var att jag var tillbaka här igen."

Alfred gick fram och tillbaka och lade märke till filtlådan vid sängkanten. "Vad är det här då?"

"Den tillhörde mina föräldrar", sa E-Z och kämpade för att hålla tillbaka snyftningarna. "Hadz och Reiki räddade den från elden. De sa bara att de räddade den åt mig - till och med riskerade sina liv."

"Det var så," han grät, "omtänksamt av dem. Har du gått igenom det än?"

"Nej, men det kommer jag att göra."

"Hur var Michael?"

"Han klirrade mycket när han gick. Det påminde mig om drömmen jag hade om PJ, Arden och giljotinen."

"Åh, jag minns att du berättade för oss om den drömmen. Var han lika skrämmande som bödeln?"

"Michael var mycket arg och det med all rätt. Eriel förrådde honom, alla ärkeänglarna och oss. Vad jag inte förstod var vad som kunde vara värt en sådan risk?"

"Makt - vissa människor skulle göra vad som helst för att få det. Men det vi behöver ta reda på är hur vi kan använda Raphaels glasögon för att stoppa den plan som Eriel och The Furies har satt i verket."

E-Z tog bort dem från sitt ansikte. När han bar dem pulserade inte blodet och rörde sig inte i bågarna, som det gjorde när Raphael bar dem. På honom var de precis som alla andra glasögon.

"Beordra glasögonen att göra något", föreslog Alfred.

"Glasögonen försvinner", beordrade E-Z.

Han släppte dem och de landade på golvet.

E-Z suckade. Två huvuden var definitivt inte bättre än ett i det här fallet. Han skrattade.

"Det var trevligt att se Hadz och Reiki tillbaka. Är de här för att stanna? Jag menar, för att hjälpa oss?"

"Det är de, men de har gått igenom mycket på sistone och de kanske lider av PTSD - det är posttraumatiskt stressyndrom."

"Ja, jag vet. Vad var det som hände?"

"Eriel hände, det är vad som hände. Han har skapat kaos och förödelse på jorden och överallt annars, som det låter." E-Z tog en paus. "Tänk om jag använde glasögonen för att ändra min form?"

"Och göra vad?"

"Om jag kunde ändra min form skulle jag kunna besöka Furierna som Eriel."

"Det skulle bara fungera om de inte var medvetna om att han hade fångats", sa Alfred.

"Ja, men om de inte visste. Tänk på vilken skada jag skulle kunna göra. Jag skulle kunna gå in där. De skulle tro att jag var på deras sida. Och jag kunde vända mig mot dem. BAM jag kunde slå dem rakt ut ur parken!"

POP.

POP.

"Det skulle vara alldeles för farligt!" skrek Hadz.

"Alldeles föråååååååååååå farligt!" Reiki ekade.

"Dessutom har vi en annan idé."

"Berätta för oss", sa E-Z.

"De har återskapat Det vita rummet, så vi gick tillbaka dit för att se om det fanns några böcker om Raphaels glasögon."

"Och? Fanns det en bok?"

"Nej", sa Hadz.

"Men vi hittade det här", sa Reiki.

Det var ett litet häfte, ungefär lika stort som änden på E-Z:s pekfinger. Titeln på ryggen löd: Raphaels första bok om Enok.

Hadz och Reiki bläddrade igenom sidorna eftersom boken hade den perfekta storleken för att de två skulle kunna hålla den tillsammans.

"Det står här", läste Hadz högt, "att Raphaels syfte var att läka jorden som de fallna änglarna hade besudlat."

"Kommer du ihåg att Raphael sa att jag bara kan kalla på henne när slutet är nära? Kanske kommer glasögonen bara att avslöja sina krafter för mig när de också behövs."

"Exakt", instämde Hadz och Reiki.

"Jag tror att vi behöver en brainstorming med de andra, men din idé att ändra ditt utseende till Eriels är bra", sa Alfred. "Vi måste bara komma på hur vi ska backa upp dig när du gör det - för att hålla dig säker."

"Det är en dålig idé", sa Hadz.

"En mycket dålig idé!" sa Reiki.

"Hur så?" frågade Alfred.

"För det första vet du inte vad Furierna vet."

"Eller inte vet."

"För det andra kan det vara en fälla."

"En fälla iscensatt av Eriel och The Furies."

"För det tredje, och viktigast av allt,"

"Eriel är livrädd för Michael."

De sa unisont: "Raphaels glasögon måste vara nyckeln till allt. Eriel söker förlåtelse och försoning hos Michael och de andra ärkeänglarna. Det är hans enda hopp. Du är hans enda hopp. Därför tror vi att han berättade sanningen för dig."

"Men tänk om Furierna inte känner till Eriels - situation? Medan de är i mörkret har vi en fördel här," sa Alfred.

"Jag håller med", sa E-Z.

Lia stack in huvudet i rummet, följd av resten av gänget. "Hur är läget?" frågade hon.

"Kom in så ska jag förklara. Och stäng dörren efter dig."

"Låter tveksamt", sa Lia. Hon såg Hadz och Reiki och vinkade till dem. Sedan stängde hon dörren bakom dem och låste den.

KAPITEL 16
VAD NU?

"**S**ÄTT ER, GÖR DET bekvämt för er", sa han när alla staplade sig på hans säng. "Först, till dem som inte har träffat dem ännu - det här är Hadz, och det här är Reiki. De är vänner och wannabe-änglar. De har utsetts för att hjälpa oss."

Haruto bugade, Lachie sa, "God dag!" Charles och Brandy skakade hand med dem.

Efter att alla formellt presenterats satte sig teamet längs sängkanten. E-Z tyckte att de såg ut som passagerare som väntade på en buss.

"Vi är alla här för att besegra The Furies. Men det finns en del aktuell information som vi måste ta hänsyn till. Innan vi går vidare."

"Vad menar du med det?" frågade Lia. "Föreslår du att vi kan välja bort det?"

E-Z rensade sin hals.

"Det är bäst om ni låter mig berätta allt för er, sedan kan ni ställa frågor. Jag borde förmodligen ha inlett med det. Men jag bearbetar fortfarande allt själv." Han tvekade. "Vad jag menar är, ge mig lite utrymme här eftersom det är en knepig situation att och ännu svårare att förklara den."

Alla nickade, så han fortsatte.

"Eriel har tagits i förvar av ärkeänglarna. Han förrådde dem, och har förrått oss. Han är inte längre ett hot mot oss, men han har äventyrat vårt uppdrag. Problemet är att vi inte vet hur mycket. Men vi vet mer om hans avsikter - att ta kontroll över jorden med alla medel. Att gå upp mot ärkeänglarna för att göra det, det var att ta någon form av risk - även när han hade The Furies på sin sida."

En hörbar flämtning från alla fick honom att pausa ett ögonblick eller två innan han fortsatte.

"Ärkeänglarna har vänt honom ryggen. Jag träffade Michael, som leder ärkeänglarna, och han avskydde Eriel. Och Eriel var livrädd för honom."

Fler hörbara flämtningar.

"Vår plan A var att fånga Furierna i spelmiljön. Eriel var medveten om denna plan. Faktum är att han uppmuntrade oss att gå vidare med den. Så vi måste gå vidare till Plan B. Bara det faktum att han kände till Plan A är tillräckligt för att vi ska förkasta den."

Fler flämtningar och ett "Åh nej!"

"Så, plan B. Jag vet att du tänker det uppenbara: dvs. vi har ingen plan B. Tja, det hade vi inte. Men det har vi nu. Kommer det att chockera er att veta att vår Plan B har kommit från vår förrädares mun?"

Alla nickade.

"Som jag sa tidigare träffade jag Michael. Det var han som föreslog för Eriel att han skulle få en mildare dom om och endast om han hjälpte oss.

"Michael gav oss bara fem minuter tillsammans. Och under större delen av den tiden sa Eriel ingenting. Sedan, precis när tiden var på väg att löpa ut, sa han tre ord: "Använd Rafaels glasögon" - det var allt. Jag kom ihåg någon gång senare att Raphael hade sagt att Charles kunde vara vårt hemliga vapen, så med glasögonen kanske vi har två vapen som de inte har någon aning om."

Charles flämtade till.

E-Z bekräftade Charles med en nick.

"Men innan vi begränsar det och gör lite brainstorming, måste vi titta på den stora bilden här och bestämma om det här är vår kamp. Om det här är något vi fortfarande vill vara inblandade i som ett team.

"Tack vare Eriel lever jag idag. Han räddade mig och sa sedan att jag stod i skuld till honom och de andra ärkeänglarna. För att återbetala denna skuld genomförde jag flera prövningar. Alfred och Lia kom med och tillsammans bildade vi De tre. Och sedan skildes vi åt på deras begäran.

"Vi startade vår egen superhjältewebbplats och hjälpte människor. Tills ärkeänglarna bad oss om hjälp att besegra piraterna i Soul Catcher. Med tiden lärde vi oss vilka de var: Furierna, mäktiga och onda grekiska gudinnor som hade återvänt.

"Hadz och Reiki tog med mig på lite rekognoscering för att visa mig deras högkvarter i Death Valley. Där såg jag med egna ögon hur de lagrade containrar fyllda med barns själar. Senare togs PJ och Arden ifrån oss. Deras tillstånd har inte förändrats. Och tack vare Raphael såg vi dessa otäcka gudinnor i arbete.

"Furierna är värdiga motståndare. Om vi slåss mot dem kan vi dö. Detta är naturligtvis inte den senaste informationen, men är det värt att riskera våra liv nu när Eriel har förrått oss?

"Med allt i åtanke, och i synnerhet, att vi har två hemliga vapen på vår sida. Om än vapen som vi inte vet hur vi kan använda. Kanske är vi i en bra situation för att vinna den här striden. Det är om vi håller ihop och om vi skyddar varandra. Om vi är villiga att sätta våra liv på spel för det allmännas bästa. För jordens bästa, för att rädda jorden. Vad säger ni?"

Innan han visste ordet av studsade alla - utom Alfred - runt på sängen och sa: "En för alla och alla för en!"

E-Z räckte upp handen. "

"Alla som är för att bekämpa Furierna, säg, Aye."

Beslutet var enhälligt.

Sobo knackade på dörren och frågade: "Jag kanske också kan hjälpa till."

KAPITEL 17
FRÅGA CHARLES DICKENS

B RANDY HÅNADE HÖRBART OCH fick alla i rummet att titta åt hennes håll. Nu när hon hade allas uppmärksamhet frågade hon: "Och hur ska du, en äldre medborgare, hjälpa vårt team av superhjältar att besegra de tre mäktiga onda gudinnorna?"

En flämtning hördes i hela rummet, vilket fick Haruto att snabbt flytta sig till sidan av sin Sobo. Han tog tag i hennes hand och höll den mot sitt hjärta.

Sobo som inte var påverkad av Brandys okunnighet viskade lugnande ord på japanska till sitt barnbarn.

"Be om ursäkt", krävde E-Z.

"Det är okej", sa Sobo. "Hon har rätt, jag kanske inte är en superhjälte som alla ni andra, men alla i det här livet har något att ge."

"Ledsen, Sobo", sa Brandy. Hon slutade inte där. "Vad jag menade var..."

"Håll tyst!" Lia utbrast. "Kom in Sobo."

"Vi kan behöva all hjälp vi kan få", sa E-Z.

Charles ställde sig upp och erbjöd sin plats till Sobo och Haruto.

"Tack", sa Sobo, och hon och hennes barnbarn satt bredvid varandra utan att prata under några ögonblick.

"Mår du tillräckligt bra?" frågade Haruto.

"Ja, lille vän", sa Sobo. "Jag har också en superkraft. Den superkraften kallas förvandling. Jag har levt många liv och spelat många roller ... med varje liv lär jag mig något nytt. Jag är öppen för att lära mig, det är vad livet handlar om. Jag erbjuder mitt liv; jag skulle göra vad som helst för att rädda er. Er alla."

"Även mig?" Brandy frågade.

Sobo skrattade. "Speciellt du, mitt barn."

Brandy korsade rummet och slängde armarna om Sobos hals. "Jag tackar dig. Men varför just jag?"

Haruto ställde sig upp och utbrast med händerna på höfterna: "För att du är en knäppskalle!"

Alla skrattade, inklusive Brandy.

Sobo sa: "För att du är orädd. Ja, att vara orädd är en stark känsla, men du måste lära dig tålamod. Du behöver båda för att överleva i den här världen. Med båda kommer du att bli ännu mer av en kraft att räkna med. Livet handlar om att förändra sig själv, från insidan till utsidan, från utsidan till insidan. Lär dig. Växa. Vi måste vara som träden, förändras med årstiderna, böjas av vinden."

"Så vackert", sa Charles.

"Men världen är fylld av både gott och ont", sa Sobo. "Det måste vara så. Det ena måste existera för att det andra ska finnas. Och vi, du och jag och alla här, vi måste bara kämpa för det godas sida. I den här världen kan det bara finnas en vinnare. Den vinnaren måste vara för hela mänsklighetens bästa."

Sobo slutade tala. Medan hon hämtade andan förblev de andra tysta och väntade på att hon skulle fortsätta.

"Varför jag är här", fortsatte Sobo, "är för att framföra hälsningar från Rosalie."

"Du och Rosalie, Sobo, men hur?" frågade Lia.

"Rosalie kom till mig i en dröm. Hur visste jag att det var hon? För att hon sa det till mig. Drömmar är kraftfulla förenare. Andar korsar världar och blandar sig med oss för att vara med oss, eller för att berätta saker för oss som vi inte vet, som varningar, föraningar. Rosalie ville hjälpa oss att utkämpa striden, att kämpa och vinna."

"Ja," sade E-Z. "Jag drömmer ofta om mina föräldrar. Ibland avslöjar de saker för mig, eller berättar saker för mig som de inte kunde veta om. Om de inte delade mitt liv med mig."

"Ja, kärlek är en kraftfull känsla som inte har några gränser. De som du älskar kommer att söka dig, hitta dig, hjälpa dig, även i de mörkaste av tider."

"Är hon", frågade Lia, "lycklig?"

Sobo log. "Lycka är inte allt. Låt mig bara säga att hon är sig själv. Det är allt du egentligen behöver veta. Och som sig själv, som en farkost som kämpar på de godas sida, tror hon på dig, herr Charles Dickens. Du är vår kraft."

"Jag?" frågade Charles.

"Ja, Charles. Ta oss till biblioteket. Biblioteket i molnen."

"Jag har aldrig hört talas om det. Jag kan inte ta er dit. Hon måste ha blandat ihop mig med någon av de andra."

"Vilket bibliotek?" Brandy frågade.

"Och varför är det i molnen?" frågade Lia.

"Jag har varit där", sa Sobo. "Det är mycket gammalt och det är skyddat... bara de som vet vet."

"Jag är inte en av dem", sa Charles.

"Du behöver bara lite hjälp", sa Sobo. "Ge honom Raphaels glasögon så kommer han att veta allt."

"Vänta lite," sa E-Z. "Hur kom du dit?"

"Tror du mig inte?" Sobo log. "Rosalie tog mig dit i en dröm...hon är en ande...och hon ledde mig som en drömvandrare."

"Är du säker på att det inte var ett minne hon delade med sig av om Vita rummet?"

"Definitivt inte. Hur kan jag veta det?" frågade Sobo. "Eftersom Rosalie berättade för mig att hon aldrig ville återvända till platsen där hon mördades av dessa onda systrar."

"Det låter vettigt, men något som Raphael sa om att aldrig lämna över glasögonen - till någon - gör mig orolig för att gå emot hennes önskan."

"Tänk om Rosalie inte är en av dem som vet?" frågade Sobo. "Är det meningen att vi ska missa detta tillfälle att öka våra chanser att besegra Furierna genom att avvisa den senaste informationen från Rosalie, en pålitlig vän och förtrogen?"

"Berätta först för mig", sa E-Z, "hur var det?"

Sobo blundade. "Föreställ dig en tid då du bara satte på varmvattnet i en dusch eller ett badkar, utan fläkt och utan öppet fönster. Du lämnade rummet för att hämta något och stängde dörren. När du öppnade den senare var rummet fyllt av ånga och när du kom in kunde du inte se någonting - till en början. Men dina ögon anpassade sig och sedan kunde du se allt. Det var samma sak för mig när jag först gick in i Molnbiblioteket."

Hon öppnade ögonen. "Föreställ dig molnets inre där böcker existerade. Varenda bok som skrivits, publicerats, allt fanns där framför dig. Tillgänglig att läsa, att ta, att lära. Det var så det var i molnbiblioteket. Och det är meningen att vi alla ska gå och se det själva, nu. Idag."

"Det låter magiskt", sa Charles. "Jag vill åka dit. Jag vill ta med er alla dit."

"Det låter för bra för att vara sant", sa Brandy.

Sobo log.

E-Z tvekade innan han tog av sig glasögonen och gav dem till Charles.

"E-Z", sa Sobo, "Rosalie berättade för mig att undantaget från Raphaels regel var Charles. Kommer du ihåg? Och det var hon som avslöjade att Charles var vårt hemliga vapen."

E-Z nickade och gav glasögonen till Charles.

Utan att tveka satte Charles på sig dem. När han stoppade in dem bakom öronen pulserade färgerna på bågarna i alla kända färger. Alla färger utom rött. När glasögonen stannade i en grön grässkugga vred sig Charles nacke åt vänster höger vänster höger vänster. Han rätade på sig och stirrade framåt.

"Jag är redo", sa han. "Håll varandra i händerna, så att vi alla är sammankopplade, så tar jag dig dit."

"Vänta på oss!" Hadz och Reiki skrek, medan de hoppade upp på E'Z axlar och höll sig fast för glatta livet. Några ögonblick senare hade ingen gått någonstans.

KAPITEL 18

VAD GICK FEL?

"J AG FÖRSTÅR INTE", SA Charles. "Jag kunde se det framför mig. Jag kanske behöver instruktioner, eller några magiska ord. Sa Rosalie något speciellt till dig som jag behövde göra förutom att sätta glasögonen på Sobo?" frågade Charles.

Sobo skakade på huvudet. "Försök med något annat."

"Ta oss till Molnrummet!" krävde han.

Den här gången svajade hela gruppen, som om någon hade öppnat ett fönster.

"Blunda", sa Charles. "Är alla redo?" Alla nickade. Han slöt ögonen när gruppen av superhjältar plus Sobo splittrades.

"Något känns annorlunda", sa Lachie och öppnade ögonen. "Jag känner mig annorlunda."

E-Z kände sig också konstig när han öppnade ögonen. Hadz och Reiki snarkade nu. Det verkade vara en konstig tidpunkt för dem att ta en tupplur. Och vad mer var annorlunda? Raphaels glasögon var färglösa. Varför då? Det hade aldrig hänt förut. Och vad mer? Alfred - var tusan var Alfred?

"Alfred? Var är du?"

Lia brast ut i gråt.

"Varför gråter du?" frågade E-Z.

"För att jag inte kan se någonting, inte med mina händer. Inte längre."

"Charles. Glasögonen," sa Brandy.

"Hur är det med?" Han tog bort dem.

De höll för öronen när Sobo kastade huvudet bakåt och skrek som en banshee, tills den mjuka orkestermusiken överröstade hennes skrik och alla somnade.

✳✳✳

NU NÄR TVILLINGARNA SOV undrade Samantha och Sam hur det gick med mötet i E-Z room. När de kom dit var dörren låst och ingen öppnade när de knackade på.

"Det var konstigt", sa Sam. "E-Z låser aldrig dörren.

"Hämta nyckeln", sa Samantha.

Sam hade en dålig känsla när han satte in nyckeln i låset.

Sam och Samantha tittade på när Sobo, Brandy, Lia, Lachie, Haruto, Charles och E-Z stirrade framåt som skyltdockor i ett skyltfönster.

"De andas knappt", sa Sam.

"Och var är Alfred?"

"Och varför har Charles på sig Raphaels glasögon?"

"Jag är rädd", sa Samantha och tog sin mans hand i sin.

"Jag tycker inte att vi ska störa någonting här", sa Sam. "Jag får en känsla av att det pågår något som vi inte vet om."

"Det är läskigt."

"Vad är det där?" Sam frågade och lade märke till lådan i slutet av E-Z:s säng. "Jag kan inte tro det! Det kan inte vara sant." Han böjde sig ner och lyfte på locket till kistan som han hade sett många gånger i sin brors rum. En kista som han hade trott hade förstörts i branden. Precis som med E-Z kom minnena från dofterna inuti upp och han överväldigades av känslor.

"Låt oss gå härifrån", sa Samantha. "Du kan berätta mer om kistan utanför."

"Låt oss ge det lite tid. De vaknar snart och..."

"Jag tror inte att vi har något annat val", sa Samantha när de stängde dörren bakom sig.

KAPITEL 19

RUMMET CLOUD

CHARLES STOD KVAR EN stund och betraktade sin omgivning. Hade han fört dem till fel plats? Han och de andra (som alla sov) befann sig högt uppe i skyn, utan ett enda moln i sikte. De hade landat mitt på en plattform av glas. Hur den hölls uppe hade han ingen aning om. Han märkte att E-Z:s rullstol rullade framåt, så han rusade fram och väckte honom.

"Var är vi?" frågade han och väckte Hadz och Reiki som fortfarande låg och sov på hans axlar.

"Vakna! Vakna!" kommenderade Charles.

En efter en öppnade de ögonen och insåg sedan hur högt upp de var, de klamrade sig fast vid varandra och försökte att inte röra sig. Försökte att inte titta ner genom glasrutan som hindrade dem från att krascha till marken.

"Jag önskar att den här saken hade ett räcke!" utbrast Lia. Hon kunde se allt nu men en del av henne önskade att hon inte kunde det.

"Vad är det som håller upp den, det är det jag inte kan lista ut", sa Charles.

"Jag har aldrig varit ett b-stort fan av höjder", sa Brandy och tog tag i den närmaste tillgängliga handen som tillhörde Charles.

"Åh", sa han och kände hur kall hennes hand var.

"Jag ska flyga dit och ta en titt", sa E-Z och flög iväg, rörde sig runt plattformen som såg ut att ha vuxit fram ur tomma intet utan något som höll den uppe och inget ankare som höll den på plats.

Haruto höll i sin mormors hand. Hon vaknade långsammare än de andra. När hon verkade helt vaken var "Åh nej" allt hon sa. Om och om igen.

"Det här är inte Molnrummet som Rosalie tog dig till, eller hur?" frågade Charles.

Sobo tog ett steg, två steg, medan barnen klamrade sig fast vid henne. Hon slöt ögonen, pressade ihop dem hårt och öppnade dem sedan igen.

"Vad håller du på med?" frågade Brandy.

"Jag letar efter böckerna", sa Sobo. "Om det här är rätt plats, då borde det finnas böcker. Massor av böcker. Jag kan inte se några. Inte en enda."

E-Z, som fortfarande undersökte plattformens struktur, frågade: "Känns det som om vi är på rätt plats? Kan böckerna vara förklädda? Kan någon se dem?"

Alla skakade på huvudet och sa nej, även Hadz och Reiki som fram till nu inte hade sagt ett enda ord till varandra.

"Jag har en dålig, dålig känsla av det här stället", sjöng Hadz och Reiki unisont.

Charles tvekade innan han talade. "Jag såg ett bibliotek i mitt huvud när jag satte på mig glasögonen, och det var så som Sobo beskrev det för oss. Det fanns ingen glasplattform. Den här platsen är inte den jag föreställde mig. Först trodde jag att glasögonen hade gjort ett fel, men nu, om Hadz och Reiki har en dålig känsla, och det har Sobo också, tror jag." Sobo nickade och han märkte att hon skakade. "Jag tror att vi måste ta oss härifrån - och det snabbt."

E-Z märkte att Alfred saknades. "Någon som vet vad som hände med Alfred? Vi var alla sammankopplade genom beröring när vi kom hit. Hur kan han ha blivit fäst?" Nu märkte han att Hadz och Reiki verkade helt borta. Nästan som om de hade blivit drogade, eftersom deras ögon rullade tillbaka i huvudet och de hade svårt att hålla sig vakna.

"Svanar har inga fingrar att röra vid", sjöng de två blivande änglarna unisont. De brast ut i skratt och snurrade runt i cirklar tills de blev för yra för att hålla sig flytande och föll ner på glasgolvet med ett SPLAT.

"Okej Charles, det är tillräckligt med bevis för mig. Ta oss tillbaka hem igen - nu."

Charles som hade tagit av Raphael hans glasögon, satte nu på dem igen med avsikt att följa E-Z:s order utbrast, "Åh, där är de!"

"Kan du se böckerna nu?" frågade Sobo.

"Jag kunde inte när vi först anlände, men nu kan jag. Vad ska jag göra nu?"

"Det är inte klokt", sa Sobo, "varför skulle de vara förklädda för dig och sedan avslöjade? Rosalie nämnde inte dessa saker."

"Jag tror att luften här uppe påverkar våra hjärnor", sa E-Z. "Jag börjar känna mig helt borta, yr. Det är bäst att vi tar oss härifrån pronto, annars kommer vi att hamna med ansiktet nedåt på plattformen som Hadz och Reiki."

Charles sträckte fram handen och en bok flög in i den som han stoppade in i sin skjorta. "Ta oss tillbaka!" ropade han. Precis som första gången de försökte hände ingenting.

"Vi kanske behöver hålla varandra i handen", sa Sobo. "Och blunda igen."

De gjorde båda två och genast började enorma vindbyar blåsa runt dem på plattformen. De klamrade sig fast vid varandra, som ett fotbollslag före ett stort spel. De tryckte ner sina fötter på plattformen i hopp om att de inte skulle flyga iväg.

E-Z vred och vände på sin hjärna och försökte komma på en väg ut. Var det enda sättet att använda den enda chansen att kalla på Raphael för att komma till undsättning? Han tittade på Charles, som tycktes försvinna in och ut. "Charles!" skrek han, och sedan såg han över sin axel att Baby, Lilla Dorrit och Alfred kom mot dem i hög fart.

Alfred skrek: "Vi måste få ut dig härifrån - nu. Det här stället är som en fyr som lyser upp dig så att hela världen kan se dig, inklusive Furierna!"

Sobo snyftade, "Jag visste inte att de använde Rosalie som en fälla."

"Charles såg böckerna, och han fick till och med en. Låt oss sätta oss i säkerhet. Ingen kan klandras. Dina avsikter var goda", sa E-Z.

"Tack", sa Sobo och började blekna in och ut, precis som Charles hade gjort. Brandy tog tag i hennes hand och höll den hårt tills Sobo inte längre bleknade.

Alfred sa: "Kom igen!"

Lachie hoppade upp på Babys rygg och drog med sig den darrande Charles ombord och de flög iväg. Boken han höll i sin skjorta expanderade och två av skjortans knappar flög av. Han höll boken stadigt med ena armen och Lachie med den andra medan Baby ökade takten.

Lilla Dorrit böjde sig ner utan att röra plattformen, så att resten kunde komma ombord, medan E-Z tog Hadz och Reiki. De flög iväg, Alfred och E-Z flög sida vid sida, medan himlen skiftade från blått till svart, svart till blått, till svart, och stjärnorna kom fram, men de var inte stjärnor. De var ögonglober. Booger firing eyeballs, som de han hade stött på i Death Valley när han först hade stött på The Furies.

SPLAT. SPLAT. SPLAT.

SPLAT. SPLAT. SPLAT. SPLAT.

SPLAT. SPLAT. SPLAT. SPLAT. SPL-

Charles skrek av sina lungors fulla kraft: "HEM!" Och den här gången fungerade det. De var hemma igen. I säkerhet.

Haruto slängde armarna om sin mormor.

"Så skönt att vara hemma igen", sa de till varandra.

En stund senare anlände Sam och Samantha.

✳✳✳

"**V**I SÅG ERA KROPPAR sova i ert rum. Vi visste inte vad vi skulle göra", sa Sam.

"Det är en lång historia", sa E-Z.

Sobo frågade Charles: "Lyckades du behålla boken?" "Ja, det gjorde jag", sa Charles och höll upp den. Det var en stor volym, inbunden, med en tjock rygg som kunde ses och läsas av alla -

Stora förväntningar av Charles Dickens.

"Har du med dig en av dina egna böcker tillbaka?" utbrast Brandy.

Lachie hånskrattade.

"I..." sa Charles. "Du sa åt mig att välja vilken bok som helst, och det här var den jag tog på måfå."

"Allt händer av en anledning", sa Lia.

"Men det här är verkligen att ta i", utbrast Brandy.

"Lugna ner er allihop", sa E-Z. "Charles gjorde sitt bästa under omständigheterna - och HAN kunde åtminstone se böckerna. Det kunde ingen av oss."

"Stora förväntningar", sa Alfred, "är en grrr-ät bok!" Han lät som den brittiska versionen av Tony the Tiger i reklamfilmerna för flingor.

"Han har rätt", instämde Sam och Samantha. "Det är en av de finaste romaner som någonsin skrivits."

Charles tog av Raphaels glasögon och gav dem tillbaka till E-Z som genast satte på sig dem. Han skakade på huvudet, men titeln på boken som Charles fortfarande höll i var annorlunda. Han läste den nya titeln högt,

"Drömmarnas fält av W. P. Kinsella."

"Låt mig försöka", sa Lia och sträckte sig efter Raphaels glasögon.

"Vänta!" E-Z skrek när Lia tog bort dem från hans ansikte. "Sätt inte på dig dem. Kom ihåg att Raphael sa att bara jag skulle bära dem, men jag gjorde ett undantag för Charles på grund av Sobos dröm, men jag tycker inte att vi ska skicka runt dem. Dessutom vet vi redan svaret på den fråga vi alla ställer oss. Det är en bok som blir vilken titel som helst som läsaren vill se."

"Eller behöver se," sa Sobo.

"Men jag ville inte eller behövde inte se Great Expectations. Jag har aldrig ens hört talas om den!"

"Men tänk," sa Sam, "vilken typ av bibliotek det skulle kunna bli i framtiden. Allt vi behöver göra är att komma på en boktitel, och vips så håller vi den i våra händer."

"Men det skulle inte vara så bra för författarna, jag menar hur skulle de få betalt?" frågade Samantha.

"Jag vet inte hur det skulle fungera, och vi kanske missar något stort här", sa Alfred.

"Stort, som vadå?" frågade E-Z.

"Tänk om det var boken som valde läsaren istället för tvärtom?"

"Doo-doo-doo-doo", sjöng Brandy, vilket var musiken från The Twilight Zone.

"Låt oss sammanfatta. Sobo hade en dröm där Rosalie visade henne Molnbiblioteket och med Raphaels glasögon kunde Charles ta oss dit. Vilket han gjorde, men platsen var inte som förväntat. Bara Charles kunde se böckerna, han tog en och på vägen tillbaka blev vi attackerade av snorkråkor som sköt ögonbollar liknande dem som attackerade Hadz Reiki och mig i Death Valley.""Det är det i ett nötskal", sa Brandy.

"Vad jag undrar är om Eriel berättade för The Furies om att Raphael gav E-Z hennes glasögon", frågade Lachie.

"Det är något vi kanske aldrig får veta", sa E-Z, "för Michael gav bara Eriel en chans att prata med mig." Han gick till fönstret och tittade ut. "Jag undrar", sa han.

"Undrar vad?" utbrast alla.

"Om Furierna känner till glasögonen och deras krafter. Om de lurade oss genom Rosalie att besöka Molnbiblioteket, då måste de känna till Charles. Det betyder att han inte längre är ett hemligt vapen. Hur skulle de kunna ha vetat det? Och ändå, ögonsorkarna - det är för mycket av ett sammanträffande."

"Eriel sa åt dig att använda glasögonen", sa Alfred.

"Jag såg honom, hur han hölls fången och det fanns inte en chans, inte en chans att han kunde ha meddelat Furierna ... inte med Michael som bevakade varje steg han tog." E-Z rullade tillbaka till de andra. "Förresten Alfred, hur kom du ifrån oss?"

"Jag var vilse i ett svart moln, tills jag kallade på Lilla Dorrit och Baby för att hjälpa mig och du vet resten."

"Det var så konstigt", sa Charles. "Ena stunden kunde jag inte se böckerna, jag tog av mig glasögonen, satte på dem igen och de var överallt. Ändå var jag den enda som kunde se dem."

"Jag kunde se dem", sa Baby. "Den här flög mot mig", han kastade den till Charles som fångade den med två fingrar.

Det var en bok i miniatyr, med en liten titel på ryggen som alla läste högt:

"Allt du någonsin velat veta om Furierna men var rädd för att fråga av Anonym."

"Poäng!" utbrast Brandy.

De samlades runt den lilla boken, medan Charles försiktigt öppnade den. Framsidan var tom, liksom den första sidan. Han slog upp nästa sida, där det fanns ord som genast började röra på sig, blandas. Orden flöt runt på sidan, blandades och blandades om som om de hade glömt vilka ord och vilket språk de var tänkta att representera.

E-Z som fortfarande bar Rafaels glasögon kände sig yr när orden flyttade runt och han tog av dem.

"Du får försöka", sa han till Charles och räckte över glasögonen.

Charles satte på sig dem och tog snabbt av dem igen och rusade till fönstret för att få lite frisk luft. Han gav tillbaka dem till E-Z.

"Nu är det din tur", sa han till Sobo, som vägrade prova glasögonen precis som Haruto."

"Jag ska försöka", sa Lia, men hon gjorde snart Charles sällskap vid fönstret.

"Lachie?" frågade E-Z.

"Visst", sa han, satte på sig glasögonen och tog genast av dem igen. "No go", sa han och hoppade ner på sängen.

"Låt mig försöka!" sa Brandy när E-Z gav henne glasögonen i handen och hon satte på sig dem i ansiktet. "Vänta lite," sa hon, "jag tror jag ser något, det är det är..." och hon spydde ut en grön substans som lyckligtvis träffade väggen istället för en person.

"Följ med oss", sa Sam och Samantha till Brandy, "så hjälper vi dig att städa upp."

"Tack", sa E-Z, vände sin stol mot Alfred och placerade sedan glasögonen på sin näbb.

"En svan som bär glasögon. Löjligt!" sa Alfred.

"Du ser väldigt studerande ut!" sa Charles.

"Du ser ut som professor Ludwig Von Drake!" Brandy utbrast.

Sam sa: "Han var Kalle Ankas lärare."

"Åh", sa de som var för unga för att ha hört talas om Kalle Anka.

"Oj då", sa Alfred när orden slutade virvla och återgick till det sätt på vilket författaren hade skrivit dem. Han läste de två första sidorna, sedan nästa, nästa och nästa. Han flög igenom hela boken med samma lätthet som en snabbläsare och när han var klar slog boken igen sig själv.

POOF

Och den var borta.

"Det var intressant", sa Alfred, gav tillbaka glasögonen till E-Z och hindrade sig själv från att ramla omkull.

"Menar du att du läste hela?" sa Sam. "De där glasögonen är anmärkningsvärda."

"Jag minns allt, men jag behöver bearbeta informationen och jag behöver vila. Jag vill inte sitta här och läsa upp det för dig i sin helhet. Det är bättre om jag går igenom vad jag har lärt mig och sedan pratar vi om det."

"Tänk om", frågade Brandy, "du missade något som någon av oss inte skulle ha missat? Inget personligt."

Alfred skrattade. "Bara för att jag har formen av en svan nu, betyder det inte att jag inte har läst många, många böcker under min livstid. Faktum är att jag gick på Oxford University när jag var en ung man och tog examen med utmärkelse. Jag har studerat litteratur och konst."

E-Z sa: "Du valde inte boken - boken valde dig. Ingen av oss kunde läsa ett enda ord i den."

"Tack för att du tror på mig."

Lia sa: "Hur mycket tid vill du lägga på att fundera? Kan vi gå och titta på den där filmen?"

Samantha sa: "Jag måste göra lite mer popcorn. Vi har redan ätit upp den andra skålen."

"Stressäta", sa Sam med ett leende.

"Tack," sa Alfred. "Jag återkommer till dig så snart jag kan."

"Ta all den tid du behöver", sa E-Z, "kom och gör oss sällskap när du är redo."

Gänget gick in i vardagsrummet och gjorde i ordning filmen. Samantha gjorde lite mer popcorn i mikrovågsugnen. Alla samlades för att titta på filmen.

Alfred sov ett tag på sin vanliga plats, men han drömde drömmar, mest mardrömmar, och till slut tog han sig ut i trädgården för att få lite frisk luft. Alla var beroende av honom och pressen tyngde honom, medan innehållet i miniatyrboken virvlade runt i hans sinn.

KAPITEL 20
MEDDELANDE FRÅN FRANKRIKE

E-Z TITTADE PÅ FÖRSTA halvan av filmen med de andra, sedan kände han sig rastlös och bestämde sig för att ta igen lite arbete. Han stack in huvudet i sitt rum och förväntade sig att hitta Alfred sovande, men han var ingenstans att hitta. Bekymrad gick han till bakdörren och tittade ut och såg svanen som låg och sov utsträckt på en trädgårdsstol. Han stängde dörren och återvände till sitt rum där han öppnade sin laptop och loggade in.

Han gick fram och tillbaka i sina tankar några gånger och bestämde sig för om han skulle koncentrera sig på att skriva sin roman, eller om han skulle spendera den här tiden med att göra mer forskning om deras fiender The Furies. Ljudet av ett meddelande som pingade in i hans inkorg fattade beslutet åt honom. Det hade en röd bock som visade att det var brådskande och även om det inte innehöll några bilagor klickade han inte på det. Istället läste han det i förhandsgranskningen. Eller försökte läsa det. Meddelandet var helt och hållet på ett annat språk. Han såg ett par ord som han kände igen som franska, så han kopierade texten, gick in på en sökmotor och klistrade in följande meddelande i en online-översättare:

Cher E-Z Dickens,

Jag heter François Dubois och jag är sju år. J'habite à Paris, en France, et j'aimerais faire partie de votre équipe de Superhéros. Vous vous demandez peut-être quelles compétences j'apporterais à l'équipe. C'est une bonne question et je serai heureux d'y répondre. Mais je me demande si ce site est sécurisé.

Om du vill prata mer med mig kan du skicka ett e-postmeddelande direkt till mig. Mon adresse de courriel est jointe. J'ai hâte d'avoir de vos nouvelles.

Votre ami,

Francois

Han tryckte på skicka och följande översättning kom:

Kära E-Z Dickens,

Mitt namn är Francois Dubois och jag är sju år gammal. Jag bor i Paris, Frankrike, och jag skulle vilja vara med i ditt superhjälteteam. Du kanske undrar vilka färdigheter jag skulle tillföra teamet. Det är en bra fråga och jag svarar gärna på den. Men jag undrar, är den här webbplatsen säker?

Om du vill prata mer med mig kan du mejla mig direkt. Min e-postadress finns bifogad. Jag ser fram emot att höra från dig.

Din vän,

Francois

Nyfiken läste han meddelandet flera gånger och funderade över tidpunkten för det. Han undrade om han var paranoid som trodde att den här killen hela vägen från Frankrike kunde konspirera med The Furies. Även om han var överdrivet försiktig hade han rätt att vara det och som ledare för sitt team var det upp till honom att se till att förfrågningar som denna var legitima. Han skulle behöva Uncle Sams hjälp för att kolla upp det, men för tillfället skulle han skicka ut ett par känselspröt och se vad som kom tillbaka.

Han skrev ett snabbt meddelande utan att översätta det. Grabben kunde använda en sökmotor på samma sätt som han gjorde och hitta en översättare och efter att ha läst om det flera gånger tryckte han på SEND.

Kära Francois,

Tack för ditt meddelande. Hur hörde du talas om oss? Med vänliga hälsningar,

E-Z.

Francois svar kom tillbaka så snabbt att E-Z kände sig ännu mer misstänksam. Denna gång på engelska löd det:

Kära E-Z,

Tack för ditt snabba svar.

Min lärare såg din webbplats, och vi lärde oss om dig och ditt team som en del av vår lektion om aktuella händelser.

Hoppas att du hör av dig snart.

Din vän,

Francois.

Det lät verkligen legitimt. Han skrev in ytterligare ett meddelande och frågade Francois vilka superhjältekrafter han hade att erbjuda sitt team så att han kunde diskutera det med dem. Några ögonblick senare skickade Francois honom följande meddelande:

Kära E-Z,

Tack för att du ger mig möjlighet att berätta om mina superhjältekunskaper.

För det första har jag, precis som du, inte alltid varit en superhjälte. Detta är något vi har gemensamt. Det är därför jag tänkte att jag skulle passa bra i ditt team.

Istället för att berätta vill jag visa dig. Bifogat finns en privat inbjudan till vår YouTube-kanal - min pappa hjälpte mig. Länken är endast tillgänglig för dig och inbjudan att titta går ut om tjugofyra timmar.

Jag ser fram emot att höra från dig när du har sett den.

Din vän,

Francois.

Nyfiken och utan att tveka klickade E-Z på länken. Ett meddelande dök upp som bad honom svara på en fråga som han inte hade några problem att svara på eftersom den var basebollrelaterad.

Väl inne klickade han på klippet, skruvade upp volymen och det började omedelbart.

Den första personen han såg var ett barn som presenterade sig som sjuårige Francois Dubois via den text som översattes från honom längst ner på skärmen.

Grabben var lång, mycket lång. Faktum är att han stod bredvid flera måttstockar. Hans pappa zoomade in för att visa att Francois redan vid sju års ålder var 163 centimeter lång (5 ft. 4 in.). Förutom sin längd såg Francois ut som vilken sjuåring som helst, med rödbrunt hår, ett par tjocka glasögon med mörka kanter på näsan, en rutig skjorta, blå jeans och svarta löparskor.

"Bonjour E-Z!" sa Francois och sken upp i ett leende som avslöjade att hans två framtänder saknades.

E-Z log tillbaka och tittade sedan på när Francois och hans far diskuterade ett ärende på franska utan någon översättning. Deras diskussion verkade hetsig, baserat på deras handgester och ansiktsuttryck. Han hoppades att Francois inte skulle försöka sig på något farligt.

E-Z såg på när Francois fortsatte att gå mot det mest välkända landmärket i Paris, Frankrike - Eiffeltornet. En skylt utanför visade att kostnaden för inträde för personer i åldern 12-24 år var 5 euro. Francois blundade och öppnade sedan ögonen igen. Vänta lite nu. Något hade förändrats, kanske var det belysningen.

Han fortsatte att titta medan Francois placerade sig bredvid en annan skylt som löd:

Paris världsutställning, 15 maj 1889.

"WHOA!" E-Z utbrast och försökte lista ut vad han just hade bevittnat. En tidsresa?

Francois slöt ögonen och var tillbaka bredvid den ursprungliga skylten 12-24 år 5 euro.

Kameran blev alldeles suddig. Längst ner på skärmen dök orden upp: "Ett ögonblick tack."

Med ett klick började kameran rulla igen, men den här gången stod Francois bredvid katedralen Notre-Dame de Paris. Sedan den stora branden 2019 höll den på att återuppbyggas och byggnadsställningarna och kranarna arbetade för fullt.

Precis som tidigare blundade Francois och öppnade sedan ögonen igen.

"Inte en chans!" utbrast E-Z.

Francois befann sig år 1163, just den dag då den första stenen till den stora katedralen Notre Dame lades på plats.

E-Z gjorde en paus. Kunde detta vara fejk? Naturligtvis kunde det det. Med dagens teknik kan vem som helst förfalska vad som helst. Ändå var det något i hans magkänsla som sa honom att det var äkta. Men han behövde en andra åsikt. Han behövde Uncle Sam.

E-Z tittade på den pausade Francois på skärmen och klickade på start. Francois vinkade när klippet var slut.

E-Z klickade och återvände till sin inkorg. Han tryckte på svara och skrev följande e-postmeddelande till Francois:

Kära Francois,

Tack för att jag fick se din superkraft. Jag måste prata med teamet. Om vi beslutar att acceptera dig, hur snart kan du ansluta dig till oss?

Din vän,

E-Z

Han väntade en sekund och läste igenom sitt meddelande igen innan han tryckte på skicka. Han övervägde att ändra IF till WHEN. Han var osäker och tänkte på Francois tidsresande superkraft. Grabben skulle vara ett fantastiskt tillskott till teamet.

Ändå var han tvungen att få en andra åsikt. Innan han tänkte mer på det. Han sms:ade Sam: "Har du tid en sekund?"

Ett nytt e-postmeddelande dök upp i hans brevlåda med orden:

HEJ E-Z,

Om du accepterar mig i laget, kan du komma och hämta mig?

Din vän,

Francois.

Det fick han tänka lite på.

Han svarade:

Återkommer till dig så fort som möjligt.

Din vän,

E-Z.

Sam kom in i köket, "Hur är läget grabben?"

"Ledsen att jag tog dig från filmen."

"Jag höll ändå på att somna, så jag är glad för distraktionen."

"Jag fick ett mejl via vår hemsida från en kille i Frankrike som bad om att få vara med i vårt team. Han och hans pappa gjorde ett klipp, jag har redan tittat på det. Han har imponerande färdigheter. Ta en titt och låt mig veta vad du tycker."

Sam var tyst hela tiden. När det var slut bad han att få se det igen.

När den var slut för andra gången frågade E-Z: "Vad tycker du?"

"Jag tycker att det vi ser är imponerande. En tidsresande pojke från Frankrike."

"Vi skulle verkligen behöva en sådan superkraft i vårt team."

"Exakt", sa Sam. "Och det är därför jag är misstänksam. Har du korresponderat med pojken?"

E-Z skrollade igenom vad som hade sagts hittills.

"Hur vet han att du inte har haft superkrafter hela ditt liv?" frågade han.

"Ja, det var det jag tänkte också. Men jag tror att det är ett rimligt antagande. Han är en smart kille."

"Sant", sa Sam. "Får jag klicka runt och se vad jag kan hitta?"

E-Z nickade och Sam tog kontroll över hans laptop. Han kontrollerade IP-adressen som verkade vara legitim. Han hade inga problem med att spåra dess plats i Paris.

Han sökte på Francois namn, tog reda på vilken skola han gick på. Fick reda på att han spelade basket. Fick reda på att han var duktig på att stava. Han verkade inte hamna i trubbel.

Sedan hittade Sam en dödsannons för Francois mamma som hade dött när han var fem år.

Dödsorsaken angavs inte, men man bad om donationer till Paris bröstcancerfond.

"Allt verkade vara legitimt", sa Sam.

"Men hur kan vi vara säkra? Jag vill inte ta några onödiga risker."

"Det enda sättet att veta säkert är att intervjua killen personligen." Han tvekade: "Hm, han frågade när du kan komma och hämta honom. Nu när jag tänker efter är det en ganska märklig tanke för ett tidsresande barn att föreslå."

"Ja, jag hade inte tänkt på det på det sättet."

"En sak är säker E-Z, om någon ska ta honom så är det jag. Du behövs här."

"Jag uppskattar erbjudandet Uncle Sam, men ditt liv i fara är inte ett alternativ."

"Okej," sa Sam. "Har du hört något från Alfred?"

På given signal vadade Alfred in i köket. "VAD?" frågade han.

ZAP

En liten vit fluffig kattunge anlände.

"Bonjour E-Z, je m'appelle Poppet. Francois m'envoie."

"Oj, oj", var allt E-Z sa.

Omedelbart pingade ett e-postmeddelande från Francois som löd:

"Kom hon fram säkert?"

Farbror Sam sa: "Ja, det besvarar vår fråga."

E-Z skrev in: "Ja, hon är här."

ZAP

Poppet försvann.

"Det här är så coolt", skrev Francois. "När du är redo, om du vill ha mig med i ditt team, ska jag prova det själv."

"Håll i er nu", sa E-Z.

"Hur visste Poppet var vi bodde?" frågade Sam.

"Det vet jag inte."

KAPITEL 21
FRANCOIS-BESLUTET

Nästa DAG KALLADE E-Z till ett akut gruppmöte. När alla hade satt sig började han direkt.

"En potentiell ny medlem har bett om att få gå med i vårt team. Sam och jag har undersökt hans ansökan och allt ser legitimt ut."

"Jag delar den uppfattningen", sa Sam.

E-Z nickade, "Francois är en tidsresenär."

"Wow!" sa Lia.

"Fantastiskt!" sa Lachie.

De andra hade liknande kommentarer med undantag för Charles som frågade: "Vad är en tidsresenär?"

"Det är du!" sa Brandy.

"Det är någon som reser från en tid till en annan", sa Lia.

"Kanske kan du bara titta på det här klippet, så får du en bättre förståelse, vi får alla en bättre förståelse för vad han kan göra." Han tittade på Alfred, "Men innan vi pratar om Francois skulle jag vilja lämna över ordet till Alfred, så att han kan berätta för oss vad han upptäckte i boken. Över till dig, Alfred."

Den trumpetande svanen rensade halsen när alla blickar vändes mot honom.

"Jag gick igenom allt, framlänges, baklänges, sidlänges och jag är rädd att det inte är till mycket hjälp. Eftersom Furierna fick ett specifikt mandat - och de följer det (även om de tänjer på reglerna) tror jag inte ens att Zeus kan straffa dem för vad de gör."

"Säger du att det är hopplöst?" frågade Brandy.

"Nej, jag säger inte att det är hopplöst, men jag kan bara inte se någon utväg. Såvida de inte vet vad vi vet."

"Vilket är?" frågade Brandy.

"Eriels plan. Hur han använde dem. Var Eriel är. Hur han är okommunicerad."

"Det är sant, de måste undra varför han inte kommunicerar med dem", sa Lachie.

"Och det kan skapa misstro", tillade Brandy.

"Tänk om", sa Sam, "den informationen läckte ut till dem?" "Jag tänkte samma sak", sa Samantha. "Utan honom kanske de skulle vända svansen till och fly."

"Men det kan också bli tvärtom. Utan honom som håller dem i koppel kanske de gör det. Vem vet vad de skulle göra då!" sa E-Z.

"De har redan samlat på sig många själar", sa Lia. "Jag tror att E-Z har rätt. Att veta att han är ute ur bilden kan göra dem djärvare."

Alfred märkte att samtalet gick in i väggen, "Så, låt oss prata om Francois superkrafter. Han är en tidsresenär. Hur kan han hjälpa oss?"

"En sak till," började E-Z, "och det är farbror Sam som märkte detta så han kanske är den bästa personen att förklara det."

"Nej, fortsätt du", sa Sam.

"Francois skickade hit en kattunge."

"En kattunge?" Frågade Sobo.

"Ja. Hon hette Poppet och kom till köket. Jag fick ett meddelande från Francois direkt och frågade om hon kommit fram välbehållen. Hon sa hej - ja, hon kunde prata. Efter att ha bekräftat att hon hade kommit fram säkert poppade hon ut igen. Frågan Sam ställde senare var, hur visste hon var vi bodde?"

"Vänta lite," sa Charles. "Var det inte någon som sa att er adress var publicerad på nätet?"

"Det har jag också hört", sa Brandy.

Sam sa: "Wow, det känns som evigheter sedan, men det är sant."

De samlades runt Sam och såg sitt hus online anslutet till webbplatsen för alla i världen att se.

"Ja, det är ingen tvekan om saken. Om de vet vilka vi är, så vet de också var vi är", sa Sam. "Om inte..."

"Om inte vad?" E-Z frågade.

"Om de inte är så tekniskt kunniga som vi tror att de är."

Sobo sa: "Underskatta aldrig en fiende. Det är så ovärdiga skurkar blir hjältar."

"Okej, först tittar vi på Francois tidsresa och sedan gör vi lite brainstorming om hur han kan hjälpa oss att besegra The Furies", sa E-Z.

De tittade på klippet under tystnad. När det var slut sa E-Z: "Jag ska skriva ut listan. Vem vill börja?"

"Nej", sa Sam. "Jag tycker att vi ska skriva ner den på det gamla hederliga sättet. Du vet, med penna och papper." Han sträckte sig in i kökslådan och tog fram ett anteckningsblock som de använde för inköpslistor, och en penna. "Du sätter igång och brainstormar, jag är sekreterare. Och du behöver inte ens betala mig någon lön."

Några skratt och fniss och sedan började idéerna flöda:

#1. Francois kunde gå tillbaka i tiden, ta reda på vad som hände med PJ och Arden och stoppa det.

#2. Francois kan gå tillbaka i tiden och förhindra att alla barnen dödas.

#3. Francois kan gå tillbaka i tiden och hindra E-Z:s föräldrar från att dödas, hindra hans olycka från att inträffa.

#4. Samma sak med Lias olycka.

#5. Dito angående: Alfreds familjs olycka.

#6. Samma sak om: Lachlan blir inlåst i en bur.

Interludium.

Haruto var lycklig med sin nya familj. Slut på historien.

Brandy var nöjd med att kunna dö och komma tillbaka till livet igen, även om hon frågade om det var ett genomförbart alternativ att gå tillbaka till auditiondagen. Denna begäran avslogs enhälligt.

Charles ångrade sig inte heller.

Brainstorming-sessionen återupptogs:

#7. Francois kunde gå tillbaka till tiden innan The Furies skapades för att se till att de fick en akilleshäl.

#8. Francois kan gå tillbaka i tiden, till den första dagen Eriel träffade The Furies. Han skulle kunna vara spion. Eller kan han se till att de aldrig träffades alls?

#9. Om Poppet kunde hoppa in och ut, kunde Francois göra samma sak?

Alfred sa: "Vänta lite. Det här är helt galet, men tänk om Francois gick tillbaka och avbröt The Furies från existens."

"Wow, det är en utmärkt idé!" sa E-Z. "Men i alla berättelser jag har läst om tidsresor är det alltid fult att leka med liv och förändra händelser."

"Ja, det minns jag från Tillbaka till framtiden. Men av egen erfarenhet", förklarade Brandy, "när jag dör och kommer tillbaka igen är det som om händelserna som ledde fram till min död aldrig inträffade. Det är som en dröm, om du förstår vad jag menar?"

"Sam sträckte på sig och gäspade. "Bebisarna vaknar snart. Jag vill inte överskrida E-Z:s ledarskapsgränser, men jag tror att vi måste ägna lite tid åt att tänka innan vi vidtar några åtgärder."

"Instämmer. Tack alla för en utmärkt brainstorming-session", sa E-Z.

Och mötet ajournerades.

KAPITEL 22

VARM MJÖLK

LIA OCH DE ANDRA tillbringade dagen med att göra sina egna saker. På kvällen var hon utmattad och vände och vred på sig, men kunde inte sova. Frustrerad efter timmar av sömnlöshet och ständig oro gick hon ner för att hämta lite varm mjölk.

Hon ställde in en mugg i mikrovågsugnen, tryckte på 40 sekunder och sedan på start. Medan klockan räknade ner såg hon siffrorna 39, 38, 37, 36 osv. tills siffran 33 dök upp. Det var det sista numret hon såg.

"Uh, hej Lilla Dorrit", sa hon och önskade att hon hade tagit på sig morgonrocken. "Vart är vi på väg?"

"Vi är på ett uppdrag", sa enhörningen. "Vart är vi på väg?"

"Vet du inte vem?"

"Nej. Jag skötte mina egna affärer när du kallade på mig Lia, minns du inte det?"

"Jag ringde dig inte," sa Lia. "Jag har inte sovit än. Det här är konstigt."

Enhörningen stelnade till i luften.

WHOOSH

Lilla Dorrit lyfte i full fart.

"Argghh!" Lia skrek och höll sig fast för glatta livet. "Vad är det som händer? Varför åker du så fort?"

"Jag vet inte", sa enhörningen. "Det är som om någon eller något har tagit kontroll över mig." Hon försökte stanna, precis som hon hade gjort bara några ögonblick tidigare. Nu, oavsett vad hon gjorde, kunde hon inte stanna. Inte heller kunde hon sakta ner.

"Håll i dig hårt!" ropade Lilla Dorrit, medan hennes kropp började rulla framåt över huvudet. "Åh nej!"

Lia skrek, men höll i sig för glatta livet. Till slut slutade de rulla, men istället för att sakta ner blev de ännu snabbare.

De flög vidare och vidare medan natt blev till dag. När solen letade sig upp på himlen minskade avståndet mellan den och dem.

"Det känns som om min hud brinner!" utbrast Lia.

"Det gör min päls också", sa Lilla Dorrit. "Låt mig försöka vända på oss igen." Hon försökte och som förut rullade de huvudstupa, huvudstupa och minskade avståndet mellan dem och den heta solen.

"Vi måste vända tillbaka!" Lia skrek. "Om vi inte gör det är det kört för oss."

"Men jag kan inte sluta. Jag kan inte göra någonting. Vänta, jag ska be Baby om hjälp."

Med den flammande solen som bakgrund kom tre bevingade varelser till synes. De höll varandra i händerna medan deras svarta kläder virvlade och snurrade runt deras kroppar.

SNAP!

SNAP!

SNAP!

Var ljudet som fyllde luften, ljudet av en piska som knäpper när Lia och Lilla Dorrit drogs mot den som om de var på en traktorstråle. Åskan rullade, även om inga stormar var synliga när solens klor sträckte sig mot dem och hotade att upplösa deras själva existens.

"Det är kört för oss!" sa Lia. "Tack för att du försökte rädda oss." Hon kramade om enhörningen. "Jag önskar verkligen att du hade tyglar. Då kanske jag kunde vända på dig."

ZAP!

Tömmarna dök upp.

Lia lindade sina händer runt dem, men innan hon kunde ta kontroll över dem smälte de till ingenting.

"Du har rätt, jag tror att det är kört för oss", sa Lilla Dorrit. Tårar av glas rann från hennes ögon.

BONJOUR

Francois dök upp, "Kan jag vara till hjälp?"

"Det kan du visst", utbrast Lia. "Ta oss härifrån för helvete!"

"Blunda och håll hårt i dig", sa Francois.

Lia och Lille Dorrit darrade av rädsla.

DING. DING. DING.

Mikrovågsugnen. Köket.

Lia föll till golvet.

Lilla Dorrit landade säkert i en sval bäck, där hon plaskade runt och sedan gick hem.

"Var har du varit?" frågade Baby.

"Jag antar att du inte fick mitt meddelande. Strunt samma. Jag är för trött", sa Lilla Dorrit. "Jag berättar om det i morgon bitti."

KAPITEL 23

NÄSTA DAG

D ET VAR SOBOS TUR att laga frukost och det var hon som hittade Lia på golvet, ihoprullad som ett avlagt ullknyte.

Sobo skrek: "Kom fort! Vår Lia behöver hjälp!"

Samantha var den första som anlände. Hon tryckte genast sina läppar mot Lias panna för att kontrollera temperaturen och ropade sedan på sin man att hämta en termometer för att dubbelkolla.

"Hennes temperatur är 107,7", bekräftade Sam. "Vi måste få henne till sjukhuset."

Samantha tryckte på 911 medan Sam lyfte upp Lia och bar och placerade henne på soffan och de väntade på ambulansen.

"Jag håller ställningarna", sa Sam, medan hans fru och Sobo följde ambulanspersonalen som bar den medvetslösa Lia på en bår.

När ambulansen körde iväg från trottoarkanten med sirenen i högsta hugg öppnade Lia ögonen och försökte sätta sig upp.

"Jag mår bra", sa hon.

Ambulanssjukvårdaren kontrollerade hennes temperatur igen och den var normal. Han ryckte på axlarna.

När de kom fram till sjukhuset var Lia tillbaka till sitt gamla jag och ville åka hem igen - nu.

"Även om hennes värden är bra nu, eftersom du ringde oss, måste vi fullfölja detta. Lia kommer att läggas in, och när jourläkaren har gett klartecken får hon åka hem."

"Låt mig åtminstone gå in", sa deltagaren när chauffören öppnade dörrarna.

"Nej, lilla damen, du stannar här", sa han, medan de förberedde sig för att bära in båren och dess passagerare med Samantha och Sobo efter sig.

Samantha sms:ade Sam en uppdatering. Han svarade med en tummen upp-emoji, precis när hon praktiskt taget gick in i PJ och Ardens föräldrar som var på väg ut.

"De är vakna! Våra pojkar är vakna!"

"Båda två?" Samantha utbrast, medan hon vidarebefordrade den senaste informationen till Sam, som väckte sin brorson för att berätta de goda nyheterna för honom.

"Kommer strax!" sa E-Z efter att ha ringt en taxi.

KAPITEL 24
PÅ SJUKHUSET

E-Z VAR PÅ VÄG för att träffa sina två bästa vänner. I taxin upprepade hans sinne de goda nyheterna om och om igen. Så mycket hade hänt. Så mycket de hade missat. Så många saker han var tvungen att berätta för dem. Ville berätta för dem.

"Vet du vilket rum det är?" frågade sköterskan.

Han svarade nej och hon letade snabbt upp det åt honom. Efter att ha tackat henne tog han hissen och gick till deras rum och funderade på om han skulle köpa något till dem. Blommor? Godis. Han bestämde sig för att fråga dem om de behövde något.

När han kom precis utanför deras dörr kunde han höra deras röster och han lyssnade en stund innan han gav sig till känna. Sedan tog han ett djupt andetag och försökte hindra sina känslor från att ta överhanden - han ville inte bli sentimental och skämma ut sig...

"Kom in, din stora mjukis!" sa PJ.

"Ahhhh, han missade oss!" sa Arden.

"Borde inte ni vara snyggare efter all skönhetssömn? Förresten, ni behöver raka er båda två!"

"Vi vill inte överskugga dig och jag gillar känslan av min mustasch", sa Arden.

"Vi vet att du älskar uppmärksamheten! Jag ser att din flaskborste också skulle behöva en trimning!"

PJ:s mamma som just hade kommit tillbaka till rummet viskade till E-Z att de inte ville att pojkarna skulle överdriva, eftersom de bara hade varit vakna i några timmar.

Efter att ha pratat en kort stund kramade E-Z om sina båda vänner och sa att han var tvungen att gå. "Jag kommer tillbaka", lovade han, "och jag ska smyga i mig en burgare eller två - jag har hört att sjukhusmaten är riktigt riktigt dålig."

"Det kommer du inte att göra!" sa Ardens mamma när hon också återvände till rummet.

Han backade upp sin stol, med Ardens mamma vänd mot honom, och hans två vänner slog ihop sina händer och bad honom att snälla ge dem mat.

När han gick längs korridoren kunde han inte fatta hur mycket han hade saknat dem - och hur bra de såg ut. Han tog hissen ner till Emergency där han hittade Samantha och Sobo.

"Några nyheter?" E-Z frågade.

"Hon mådde bra, rasande att de tvingade henne att stanna för att kolla upp henne", sa Samantha. "Men jag kommer att må bättre när hon får klartecken och vi kan ta oss härifrån."

"Jag också", sa E-Z. "Låt mig gå och ta en titt." Han knuffade sig fram längs korridoren. Medan han gick lyssnade han på rösterna inne i ett avskärmat område som han bedömde vara stationer före inskrivning. Till slut hörde han Lias röst och gick in.

"Var vänlig vänta utanför", sa sjuksköterskan.

"Men hon är min syster."

"Jag vill åka hem - nu!" krävde hon och lade armarna i kors över bröstet.

"Du blir utskriven så snart läkaren säger att du kan bli utskriven. Och inte ett ögonblick tidigare."

"Hur är det med dig? Mamma är orolig för dig."

"Jag ska lämna er ensamma så att ni kan prata", sa sköterskan. "Läkaren kommer snart. Och se till att hon håller sig lugn."

"Uh, tack," sa E-Z.

När hon var borta kramades de.

"Lilla Dorrit och jag blev nästan brända av solen!" sa hon. Hon berättade allt för E-Z, som det var från början till slut.

"Intressant att det var Francois som räddade dig."

"Jag vet inte hur han visste. Lilla Dorrit och jag trodde att vi var körda. Det var definitivt Furierna. De ville bränna upp oss! Vi höll på att bli brända. De är hemska, onda häxor!"

"Fanns det ormar?" frågade E-Z

"Ormar och piskor."

"Det låter som The Furies." E-Z tvekade. Han bytte ämne. "Har du hört talas om PJ och Arden?"

Hon skakade på huvudet.

"De har vaknat!"

"Inte en chans! Det är ett märkligt sammanträffande, tycker du inte det? De försöker ta ut Lilla Dorrit och mig, samtidigt som våra två komatösa vänner vaknar."

"Du har rätt, jag tror att allt hänger ihop."

Samantha sköt undan gardinen, "Vad hänger ihop?" Hon kramade sin dotter. "Hur mår du nu, älskling?"

"Jag är ingen bebis", sa Lia. "Men jag mår bättre och jag vill åka hem. Efter att jag har besökt PJ och Arden."

Sobo kom in. Hon kramade Lia.

"Vad har hänt med dig?" frågade hon.

Återigen förklarade Lia allt. Hennes mamma tog det inte lika bra som Sobo gjorde. E-Z rusade över och hällde upp ett glas vatten åt Sam. Medan Sobo hade massor av frågor. "Värmde du mjölk i mikrovågsugnen?"

Lia nickade.

"Och det var då du zappades ut ur köket?"

"Ja, och rakt på Lilla Dorrits rygg. Lilla Dorrit sa att jag hade kallat på henne, men det hade jag inte."

"Och vad hände sedan?" Frågade Sobo.

"Jo, Lilla Dorrit flög och vi småpratade och när ingen av oss visste vart vi var på väg eller varför, funderade vi på att vända tillbaka. Nästa sak vi visste var att Lilla Dorrit och jag tvingades närmare och närmare solen utan någon kraft att vända om."

"Men du och Lilla Dorrit uppfyller inte Furiernas kriterier. De borde inte kunna röra någon av er!" utbrast E-Z.

Samantha sa: "Det kanske bara är ett sammanträffande.

Sobo upprepade sitt råd från tidigare, "Underskatta aldrig en fiende."

När Lia hade fått klartecken att åka hem överraskade hon och E-Z PJ och Arden med cheeseburgare och pommes frites som de smugglat in.

På vägen hem i taxin, med Samantha, Sobo och Lia, tänkte E-Z bara på en enda sak. Furierna hade attackerat Lia och Little Dorrit och de hade misslyckats. Inte bara hade de misslyckats - tack vare Francois - utan på något sätt, på något sätt, hade universum skickat tillbaka PJ och Arden.

Ett sammanträffande? Han trodde inte det. Istället ville han tro att Furiernas krafter minskade om de vågade sig utanför sitt mandat.

Hur som helst var han och hans team tvungna att vara redo när som helst för att dra nytta av situationen.

Det här kunde vara deras enda chans.

Den enda fördelen till deras fördel.

KAPITEL 25

GRANDMOTHER

"J AG MÅSTE STÄLLA EN fråga till", frågade Sam E-Z innan alla kom in till mötet.

"Okej, fråga på", sa E-Z.

"Jag undrade varför Rosalie inte kände till Francois."

"Jag," var så långt som E-Z kom innan Brandy och Lia kom in i köket.

"Bry er inte om oss", sa Brandy medan hon öppnade kylskåpet, tog ut apelsinjuicen och drack upp den innan hon slängde behållaren i soptunnan.

"Uh, du borde skölja ur den först", sa E-Z, vilket Brandy gjorde. Sedan satte hon sig på en stol och torkade sig om munnen med baksidan av handen.

"Förlåt, det var inte meningen att vara oförskämd och sluta så plötsligt som jag gjorde. Jag ville att vi alla skulle vara här för att diskutera Uncle Sams problem."

"Det låter rimligt", sa Lia och satte sig bredvid Brandy.

En efter en anlände de andra och intog sina platser runt bordet.

E-Z började med att uppdatera alla om PJ:s och Ardens mirakulösa tillfrisknande, vilket följdes av en stor applåd från alla, inklusive de som inte ens hade träffat dem ännu.

"Nästa punkt på dagordningen och jag tror att dessa två punkter kan vara sammankopplade, Lia och Lilla Dorrit lurades att lämna huset och deras liv var i fara. Om det inte hade varit för Francois hade Furierna, som vi anser vara ansvariga, kanske lyckats."

"Bravo Francois!" sa Charles.

"Hur blev ni lurade?" frågade Brandy.

"Var hände det?" frågade Lachie.

"Lia, vill du berätta?" frågade E-Z. Hon skakade på huvudet, nej. "Hoppa in om jag missar något", sa han. Han fortsatte och förklarade vad som hänt och varför de trodde att The Furies var ansvariga.

"Sedan dess har jag funderat på Furierna och deras mandat. Som vi vet måste de följa det. När de försökte döda Lia och Lilla Dorrit bröt de mot reglerna. Vilken anledning kunde de ge för att försöka döda Lia eller Lilla Dorrit? Inte nog med att de gick emot sitt mandat, de misslyckades också. Tänk nu på vad som hände vid exakt samma tidpunkt - jag menar naturligtvis PJ och Arden - de vaknade upp ur sina komor. Ett sammanträffande? Jag tror inte det.

"Och ju mer jag kopplar ihop dem i mitt sinne, desto mer undrar jag om Furierna kanske håller på att försvagas. Om jag har rätt, då kan det vara rätt tid för oss att ta ner dem."

"Det är möjligt", sa Alfred, "men jag minns att jag läste om Einstein under min skoltid - vilket kan bevisa motsatsen. Jag menar, det kanske inte alls var Furierna. Det kan ha varit en störning i rum-tid-kontinuumet. Eftersom Francois kunde rädda dem, och ingen av oss visste att det hände, verkar det vara en möjlighet värd att undersöka, tycker du inte?"

Sam gick fram och tillbaka. "Med tanke på allt vi vet om Furierna, och vad jag minns från mina studier om Einstein - för att ens ha en chans att böja rumtidskontinuumet, skulle Lia och Lilla Dorrit ha varit tvungna att färdas snabbare än ljuset - 186 282 miles per sekund. Om man färdades så snabbt skulle man röra sig bakåt i tiden, inte framåt."

"Vi färdades snabbt, men inte så snabbt", sa Lia.

"Berätta för oss igen vad som hände igen Lia. Bildruta för bildruta. Ända fram till den tidpunkt då Francois dök upp", sade Alfred.

Lias berättelse började i köket och slutade med att hon hamnade på sjukhuset.

Med en handuppräckning röstade alla för att de trodde att The Furies var ansvariga, men ingen kunde förklara varför Francois visste, eller hur han kallades.

"Kallade du på honom?" frågade E-Z. "Jag menar, hur visste han? Det är något jag tänker fråga honom."

"Vilket för mig tillbaka till där vi började idag", sa Sam. "Och min fråga är, varför visste inte Rosalie om Francois."

"Och hur är det med Little Dorrit?" frågade Sobo.

"Jag vet inte hur det är med Francois, men enhörningen sov när jag gick ut för att plocka lite gräs i morse."

"Ah, det var ju bra", sa Lia.

"Kanske har läkarna en förklaring till varför PJ och Arden vaknade när de gjorde?" frågade Sam.

"Det är sant, det kanske de har, men jag kan inte se hur det spelar någon roll för oss. Egentligen inte. Huvudsaken är att de är vakna och vi vet fortfarande inte om The Furies var ansvariga för dem. Men vi har bevis för vad de har gjort mot andra barn och på ett eller annat sätt måste vi få dem att betala. Och vi måste få dem att sluta."

"Kanske läkarna har en förklaring till varför PJ och Arden vaknade när de gjorde?" frågade Sam.

"Det är sant, det kanske de har, men jag kan inte se hur det spelar någon roll för oss. Egentligen inte. Huvudsaken är att de är vakna och vi vet fortfarande inte om The Furies var ansvariga för dem. Men vi har bevis för vad de har gjort mot andra barn och på ett eller annat sätt måste vi få dem att betala. Och vi måste få dem att sluta."

"Här! Här!" sa Charles och dunkade handen i bordet.

"Kan vi prata lite mer om Francois", frågade Brandy.

"Tänk om han inte vill berätta något för oss", frågade Charles, "om vi inte accepterar honom som medlem i teamet?"

"Charles har en poäng", sa E-Z. "Jag är beredd att använda detta som ett test med Francois. Om han inte berättar för oss vad han vet kanske han inte är menad att vara en av oss."

"Tänk om han är en riktigt bra lögnare?" frågade Brandy. "Och vissa människor är utmärkta lögnare."

Lia sa: "Varför gör vi inte ett Zoom-samtal? Vi kan alla chatta med honom, se vad han går för och sedan kan vi rösta om det? Jag är redan beredd att rösta ja."

"Nej", sa E-Z. "Jag vill inte att han ska veta något om Charles, Haruto, Lachie eller Brandy. Allt han vet just nu är vad han kan hitta på nätet."

"Och ändå", inflikade Sam, "kunde Poppet hoppa in i vårt hus."

"Ja, så är det", sa E-Z.

"Dessutom räddade han Lilla Dorrit och mig - så han känner till henne."

"Det känns som om vi bara går runt i cirklar", sa Alfred. "Under tiden dör fler barn och hamnar i Soul Catchers som tillhör andra som har dött", sa Alfred. "Jag hoppades verkligen att vi skulle ha kommit längre, efter att jag dechiffrerade informationen i boken."

"Vänta lite," sa E-Z. "Har någon sett Hadz och Reiki idag?"

Ingen hade gjort det.

E-Z:s telefon surrade. Ett långt textmeddelande från PJ och Arden kom in:

"Fråga oss inte hur, men vi vet att The Furies är på väg mot dig. Och ja, vi har en plan. Vi måste få veta så fort du ser dem. Skicka ett sms till oss - och Haruto."

E-Z svarade. "Vad????"

"Lita på oss", sms:ade PJ.

Båda utbytte tummen upp-emojis, sedan förklarade han situationen för Haruto och de andra.

Att veta att The Furies var beredda att starta striden nu, i fiendens territorium och utan sin ledare Eriel gjorde E-Z orolig. De hade dock förlorat överraskningsmomentet tack vare PJ och Arden.

Att sitta och vänta på att de skulle komma var inte den bästa av strategier.

Men de hade fördelen nu. Allt de behövde göra var att sitta och vänta - och hoppas.

KAPITEL 26
OVÄNTADE BESÖKARE

ALLA FORTSATTE MED SINA sysslor och försökte hålla sig sysselsatta medan de väntade. Sedan, trots tegelväggarna, bröt en ofrånkomlig stank igenom.

"Vad är det?" Lia skrek och höll för näsan med fingrarna. "Jag känner fortfarande lukten!"

Brandy gjorde samma sak med sin högra och med sin vänstra, hon sprutade luftfräschare runt i rummet som istället för att minska kraften i stanken verkade göra luften tjockare och förstärka den.

"Nu går vi ut!" sa Lachie. "Det kanske är bättre där ute?" Han öppnade dörren, trots att logiken sa honom att om det luktade illa inne så måste det vara värre ute. Till en början lurades hans sinnen och han kände ingen lukt. Hade han börjat vänja sig? Var det Furierna som stinkbombade husets insida?

Sedan fick han syn på Lilla Dorrit och Baby, som cirklade ovanför. "Det är inte bättre här uppe!" sa Baby.

"Det spelar ingen roll hur vi går!" tillade Lilla Dorrit.

Sedan slog det till igen, stanken var som ett slag i ansiktet och för ett ögonblick tappade han balansen. Han fick syn på tvättlinan och pinnarna och sprang mot dem. Han klämde en av dem mot näsan och voila, han kände inte lukten av någonting. Han vinkade åt Lilla Dorrit och Baby att komma ner och när de gjorde det satte han fast fler pinnar (deras näsor behövde flera) tills de inte heller längre kunde känna den illaluktande lukten.

"Tack", sa Lilla Dorrit och Baby när de reste sig från marken. "Vi ska hålla utkik."

Lachie gav dem tummen upp och märkte sedan att det var lite stökigt längs stigen mot staketet som var tillbaka i trädgården. En grupp varelser bildade en cirkel, som om de hade ett möte. Han gick mot honom när en uggla lyfte från en gren och landade på hans axel.

"Uh, hej," sa han och tittade in i ugglans ögon. "Har vi träffats förut?" Ugglan nickade och sedan kände han igen vem det var. Det var Sobo. "När du sa att din superkraft var förvandling, tänkte jag inte på dig så här!"

"Haruto vet inte," sa hon. "Åtminstone tror jag inte att han minns mig - än." Hon flög tillbaka till gruppen av varelser, "Kom och gör oss sällskap", sa hon.

Lachie gick bland dem och presenterades en efter en för en hjort vid namn Oboe, en tvättbjörn vid namn Charlie, en räv vid namn Louise, en fågel (Blue Jay) vid namn Lenny och en andra fågel (Cardinal) vid namn Percy.

"Vi har kommit för att hjälpa till", sa rådjuret Oboe, "men vi är väldigt rädda för Furierna."

"Låt mig få träffa dem!" utbrast tvättbjörnen Charlie. "Jag ska klösa ut deras ögon."

"Och jag ska slita ut deras halsar!" skrek räven Louse.

"Whoa! Vänta lite!" sa Lachie. "Det här är inte din strid. Även om jag uppskattar att du vill hjälpa till, varför ger du inte oss en chans först? Om vi behöver din hjälp visslar jag och du kan komma in då?"

"Han har rätt," sa Sobo. "Fast han menar inte mig." Hon tittade på Lachie för att försäkra sig om att hennes antaganden var korrekta och svarade med en nick. "Jag måste skydda mitt barnbarn och de andra."

Lenny och Percy, de två andra fåglarna, kvittrade sinsemellan.

Sobo som hade varit lugn började nu flaxa på ett mycket oberäkneligt sätt och upprepade: "Dåliga saker är på väg! Fruktansvärda saker är på väg! Fruktansvärda saker är på väg!"

"Shhh, Sobo", sa Lachie och försökte lugna ner henne. "Vi är redo och de vet inte att vi vet att de kommer."

DUNK DUNK DUNK DUNK

DUNK DUNK DUNK DUNK

DUNK DUNK DUNK DUNK

Det var ljudet som marken under deras fötter gav ifrån sig, pulserande som ett hjärta som försöker bryta sig ut ur ett bröst.

Dunkandet följdes av trummande.

Sedan trummande.

"Furierna kommer!

Furierna kommer!

Furierna kommer!"

Medan himlen ovanför dem vred sig

Och vände.

Och brann.

Från ett strålande blått till ett blodigt orangefärgat rött.

Grannar klättrade ut, som grannar gör - för att se vad den illaluktande stanken handlade om. Några högljudda parkerare svimmade när deras sinnen överväldigades och några tog med sig popcorn ut på verandan för att äta och titta på.

De hade ingen aning om vilken typ av fara som var på väg mot dem.

Och ändå fanns det ledtrådar.

De dånande viskningarna.

Dunk dunk dunk dunk.

Ändå var det många som inte drog sig tillbaka till tryggheten i sina hem.

Istället åt de sina popcorn och drack sin läsk medan de väntade.

GAPING

Utan att fly.

Medan själva marken under deras fötter var

DUNK DUNK DUNK DUNK

DUNK DUNK DUNK DUNK

DUNK DUNK DUNK DUNK DUNK

Sedan följdes dunkandet av trummande.

Sedan trummande.

"Furierna kommer! Furierna kommer! Furierna kommer!"

✱✱✱

"**N**U GÅR VI UT!" utbrast E-Z. "Och möta dem rakt i ansiktet!" Han slängde upp ytterdörren på vid gavel så att den slog i väggen.

Brandy, Lia, Haruto, Charles och Alfred var bakom honom, redo att agera så fort de blev beordrade att göra det.

Han tittade sig över axeln och såg Sam och Samantha på väg ut, "Inte du", sa han. "Barnen behöver dig där inne. Lämna det till oss."

Sam och Samantha drog sig tillbaka.

Nu stod de fyra soldaterna sida vid sida på gräsmattan och väntade. För en främling kunde de ha sett ut som en grupp barn som väntade på skolbussen en vanlig skoldag. Men det här var ingen vanlig dag. Det här var Armageddon.

Lias armar skakade och darrade medan hon sökte i sitt sinne, öppnade sig för sitt sinne, i hopp om att tyda att hennes superkrafter skulle ge henne tillgång till Furiernas sinnen. Att hon skulle kunna ge sig ut och hitta ledtrådar, information som kunde hjälpa hennes team - men hennes sinne förblev tomt.

Alfred sa: "Jag flyger upp på taket. Se vad jag kan se."

E-Z nickade. "Håll dig säker. Och se om du kan hitta Lachie och Sobo." Han hade redan sett enhörningen och draken flyga högt ovanför dem. Han gav dem tummen upp.

En hög vissling och Baby dök ner, Lachie hoppade upp på hans rygg och tillsammans gick de upp till Alfred på taket. En uggla landade bredvid dem.

"Det är Sobo", sa Lachie.

"Ser du något?" frågade E-Z.

Alfred flaxade med vingarna, "Det är en gigantisk hylla på väg mot oss, stor som ett isberg, men den rör sig snabbt."

E-Z försökte föreställa sig det, men han kunde inte, för hur i helvete skulle han och hans team kunna stoppa en sådan sak? Hur då?

"Den rör sig mot oss som en tsunami", sa Alfred.

"Men den är inte gjord av vatten", sa Lachie. "Det ser ut som om den är gjord av sand. En sandvåg. Den bar på tre svartklädda kvinnor."

En sandvåg, ja, nu kunde han föreställa sig det.

"ETA? Jag menar beräknad ankomsttid?" frågade E-Z.

"Svårt att säga", sa Alfred. "Minuter..."

Under tiden fortsatte marken under deras fötter att trumma.

Och trumma.

"Furierna kommer! Furierna kommer! Furierna kommer!"

$$***$$

"Gå in!" ROPADE E-Z till de nyfikna grannarna. "Stäng dörrarna, lås dem. Och någon lägger ut ett meddelande på sociala medier. Säg åt alla att stanna inomhus. Säg åt dem att inte komma utomhus igen förrän de får klartecken från mig! Gå nu!"

SLAM.

SLAM.

Över hans axel tittade Alfred, en uggla, Lachie och Baby ut och såg hur vågen minskade avståndet mellan The Furies och hans team medan Lilla Dorrit höll ett vakande öga från högt ovan.

Det var för sent att göra upp en plan. För sent att göra något annat än att hoppas att de var redo, när vinden piskade och knuffade runt dem och jorden dunkade i takt med deras hjärtslag.

KRASCH.

Bakom honom gick ytterdörren sönder och flög av sina gångjärn. Den studsade och skramlade längs gatan innan den slutligen stannade platt.

Sam klev ut. E-Z vände stolen mot honom och trodde inte sina egna ögon.

Sam hade satt ihop en kostym, eller flera kostymer, och skapat en egen superhjältekaraktär. På huvudet hade han en riddarhjälm med masken uppfälld. När han rörde sig framåt fälldes den ned och han var tvungen att klicka tillbaka den på plats. Han hade applicerat ögonsvart - som basebollspelare använder för att få bort bländningen under ögonen. Hans bröstkorg var uppsvälld, som om han hade en skottsäker väst under skjortan, och bakom honom hängde en lång svart cape. På underkroppen hade han svarta jeans och sitt favoritpar löparskor.

Superhjältarna försökte att inte skratta när han gick bredvid dem, och de såg att hans superhjältenamn - SAM THE MAN - var insytt i tyget över hans axlar.

Lilla Dorrit dök ner och kastade Brandy på sin rygg. Därefter hoppade Lachie upp på Babys rygg och flög iväg. Han kastade en blick mot taket. Lilla Dorrit var inte längre där. Alfred och ugglan lyfte från taket. Alla landade bredvid E-Z och de andra.

"Alla för en!" sa de. "Och en för alla!"

"Men var är min Sobo?" frågade Haruto.

Sobo flög upp på hans axel och genast visste han att det var hon. Sedan förvandlades hon till sin mänskliga form.

Barnteamet hade sett farbrorn Sam förvandlas till mannen Sam och Sobo förvandlas från en uggla till en mormor, men ingen av dem blev berörd av det.

För under deras fötter fortsatte marken att DRUMMA.

Och THRUMMING.

Men orden hade förändrats.

"Furierna är nästan här.

Furierna är nästan här.

Furierna är nästan här."

✳✳✳

E-Z OCH HANS TEAM såg på medan den enorma sandvågen, som liknade en oceanångare på väg in i en hamn, drev in. Men den här saken slet sig genom gatorna och krossade hus, träd och allt levande på sin väg. Och den saktade inte ner.

Det fanns inte tillräckligt med tid för dem att lyfta, och dessutom var de förbluffade över sakens enorma storlek. Den stannade, och Furierna regerade över dem, deras röster skrek av skratt när de kastade sina ögon på sina fiender för allra första gången.

"Är de ens verkliga?" frågade Tisi. "De ser ut som miniatyrdockor som väntar på att bli trampade på."

"Jag ser att de har en drake och en enhörning. Och en svan. Oj då!" skrek Ali.

"Kom ihåg varför vi är här", sa Meg. "Nu får ni två sköta er själva, medan jag går ner och pratar med ledaren. Vad var det han hette nu igen?"

"E-Zed", skrek Tisi.

"E-Zed", ropade Ali.

Tillsammans sa de namnet E-ZED, E-ZED, E-ZED."

"De kallar dig E-Z", sa Brandy när hon sparkade igång.

"Nej!" ropade E-Z. "Vänta på min order!" Men det var för sent, Lilla Dorrit och Brandy var redan i luften men de var inte långt borta utan hittade en plats på taket.

E-Z och resten av teamet höll stånd.

"Vad väntar de på?" frågade Sam.

Charles sa: "De hoppas att deras reek ska göra jobbet åt dem. Han log och alla skrattade. Alla utom Sobo, som förvandlades tillbaka till sin uggla och flög upp på taket tillsammans med Brandy och Lilla Dorrit.

Furierna, som hade utmärkt hörsel och som hade en plan och tänkte följa den, uppskattade inte att bli föremål för superhjältebarnens skämt och en efter en tog sig upp i luften. När de närmade sig ökade stanken medan deras svarta kläder fladdrade i vinden.

"Fånga!" ropade Lachie och kastade klädnypor till varje medlem i teamet.

De nu inte längre lika stinkande häxorna flög närmare, så att barnen nedanför kunde se dem i mer detalj. I verkligheten var de större än livet, bokstavligen, på grund av ormarna som slingrade och gled över hela deras kroppar. De gaffeltungespottande ormarna ackompanjerades av ljudet av piskor som knakade i en enastående uppvisning i psykologisk krigföring.

Det var Meg, enligt den ursprungliga planen, som bröt isen och skrek: "Var är Eriel? Vi vet att ni har honom! Ge honom till oss, NU."

Det höga ljudet av hennes skrikande röst fick barnen att hålla för öronen, medan glasföremål som gatlyktor, verandalampor, fönster och till och med glas i skåp splittrades på flera kilometers avstånd.

När han var säker på att Meg inte längre talade (eftersom hennes mun var stängd) svarade E-Z: "Det är där förrädare förvaras. Så nu kan ni krypa tillbaka till det hål ni tre kröp ut ur!" Och när han hade talat färdigt lyfte hans från marken, följt av Alfred, Sobo, Lilla Dorrit med Brandy Baby och Lachie ombord.

"Det här är vårt territorium. Det här är vårt folk - och ni har inget här att göra. Faktum är att ni inte har något att göra här på jorden överhuvudtaget. Det har ni aldrig haft. Ni hör inte hemma här", sa E-Z. "Och vi är trötta på din manipulation. Du har överspelat din hand. Du har missbrukat dina krafter. Du är föraktlig. Och vi ska se till att du får stå till svars för det."

"Vad ska en liten pojke som du göra med oss?" Tisi som hade flyttat in bredvid Meg ropade: "köra över oss?"

Hennes skratt fyllde luften och fick marken under resten av teamets fötter att dela sig i gap. Lia, Haruto, Charles och Sam klämde ihop sig mellan luckorna för säkerhets skull.

Meg deltog i namnleken: "Kanske kommer svanen att kittla oss till döds? Självklart kan vi plocka honom - och äta honom till lunch!"

De icke-flygande medlemmarna i teamet trängde ihop sig ännu tätare. Haruto, som kunde ha snurrat iväg sig själv, var för rädd för att röra sig. Han höll sig borta från de öppna luckorna i jorden som hotade att svälja dem.

"Och du lilla flicka", sa Alli till Lia. "Vi försökte smälta dig i solen. Du kom undan den gången. Men vad kommer du att göra med oss nu? Kommer du att stirra på oss med dina händer och förvandla oss till statyer?"

Furierna skrek av skratt igen, medan jorden under dem drog ihop sig, som om den försökte föda något.

"Nu är jag uttråkad", sa Meg.

De andra två systrarna var ovanligt tysta, som om de var osäkra på vad deras nästa drag skulle bli.

"Meg flög lite närmare E-Z, med händerna på höfterna, "Vi slösar bort vår tid här! Vi har inte kommit för att strida mot er idag. Inte utan vår ledare. Allt vi vill veta är, var är han? Låt honom gå. Låt honom gå - nu. Och vi sparar striden till en annan dag."

"Det skulle du gilla, eller hur!" skrek Alfred.

Vilket fick Alli att bli alldeles till sig.

"Kom till mig lilla swanny swanny. Kitteln väntar på dig - ditt befjädrade missfoster!"

"Han är en svan, inte en gås, din idiot!" sa Brandy och styrde Lilla Dorrit mot sig.

E-Z som var glad för distraktionen fick ett sms från PJ och Arden och gav Haruto tummen upp-signalen.

Haruto gjorde sig osynlig och sprang fortare än kvickt till sjukhuset där han mötte upp PJ och Arden som redan var inne i spelet och väntade. Nu dödade de var och en. När Haruto anlände dödade de två till.

Furiernas girighet efter fler barns själar skickade in deras essenser i spelet.

"Vi har dig!" ropade de tre gudinnorna.

"Nu!" PJ skrek, medan Arden tryckte på SAVE till USB, och när det var sparat tryckte han på EJECT. Han stängde USB-minnet med maskeringstejp och lade det sedan i en lufttät påse.

"Ta den här till E-Z!" sa Arden.

Haruto kom ner på marken, signalerade till sin mormor, som tog USB-minnet i sin näbb och tog det till E-Z.

PJ skickade ett sms. "Furiernas essenser finns i USB-minnet."

E-Z placerade USB-minnet säkert i jeansfickan och nästa gång han tittade på The Furies hade vyn i Raphaels glasögon förändrats. De tre systrarnas kroppar tonade in och ut, men det gjorde inte ormarna. Det var då han insåg vad deras akilleshäl var. "Ormarna håller dem vid liv!" ropade han. "Vi måste ta ut ormarna."

Brandy var redan tillräckligt nära för att slå Alli. Tyvärr var hon också tillräckligt nära för att Alli's orm skulle kunna bita henne - vilket den gjorde. Hon föll ihop och Lilla Dorrit sprang iväg, men det var för sent, Brandy var redan död.

"Få ut henne härifrån!" E-Z skrek och Lilla Dorrit gav sig iväg mot himlen och snyftade medan hon gick.

"Hon kommer att klara sig", sa E-Z.

"Det tror jag inte", skrattade Alli. "Våra ormar är inte från den här världen. Om du blir biten av en av dessa, oavsett vilka krafter du har, kommer de inte att fungera. Men vi stannar kvar och väntar om du vill det? Och när hon inte kommer tillbaka - då spränger vi resten av ditt team i småbitar!"

"Era slynor!" utbrast E-Z.

Sobo gick till attack och drog ut ormögonen ett efter ett och släppte ner dem på marken. När hon var klar med Alli gick hon vidare till Meg och sedan till Tisi. När hon var klar med sin uppgift var mormodern för utmattad för att göra något annat än att landa bredvid sitt barnbarn och återgå till sin mänskliga form.

"Men Sobo", sa Haruto, "jag vill också slåss."

"Låt dem göra resten", sa hon. "Jag är för trött för att bära dig."

Sobo och Haruto såg resten av teamet göra slut på ormarna.

Furierna öppnade sina munnar och stängde dem igen men inget ljud kom från dem. Förutom att vara röstlösa och bleka försökte deras kroppar hålla sig flytande medan blodet i deras vener droppade ner.

E-Z:s rullstol rörde sig under dem, fångade upp dropparna och blandade The Furies blod med de andra proverna som den hade samlat in.

"De är döda", bekräftade E-Z, medan The Furies tomma kläder svävade som svarta spöken mot marken.

Men det var inte över än.

✳✳✳

Bakom E-Z lyfte sandvågen sitt huvud, och när hon såg de punkterade ögonen runt omkring sig - ögonen på alla sina barn - började ormarnas moder sakta vakna till liv.

Sam, som såg rörelsen först, ropade: "Se upp E-Z!" och när han inte fick gehör för sina rop, anslöt Lia, Charles, Haruto och Sobo.

Lachie hörde deras rop och såg ormen när hon hörde den slingra sig mot E-Z. Han såg in i ormens ögon och sa: "NEJ!"

För en sekund eller två slutade ormmamman att röra sig, och det såg ut som om hon hörde och förstod Lachies kommando, sedan såg han en glimt i hennes öga. "Duck E-Z!" ropade han, medan Baby öppnade munnen och sköt eld i riktning mot E-Z och ormmamman.

E-Z:s hår brann och han släckte det, sedan föll hans stol till marken.

Baby fortsatte att spy eld på den gigantiska ormmodern tills den var helt utbränd. Istället för den stank som The Furies skapade fylldes luften nu av en stinkande lukt av kyckling, som man kan hitta på vilken grillfest som helst på bakgården.

"Tack Baby och alla andra", sa E-Z medan han drog fingrarna genom mitten av sitt hår. Det hade tagit bort den borstliknande delen.

"Det växer ut igen", sa Sam, medan marken under deras fötter återigen började

THRUM

OCH DRUMMA

E-Z:s rullstol lyfte från marken av sig själv och det började regna bloddroppar i de kratrar som hade öppnat sig i marken.

"Vad är det som händer?" frågade Alfred.

Under honom fortsatte hans rullstol att blöda och skickade honom från plats till plats. "En liten droppe här och en liten droppe där", reciterade han i sitt sinne. På marken sa hans team samma ord som gick runt i hans huvud, "En liten droppe här och en liten droppe där", sedan avslutade de tillsammans dikten, "en liten droppe, överallt", och började sedan om igen. Han skakade på huvudet... läste de alla hans tankar?

Under deras fötter fortsatte jorden.

DRUMMANDE

THRUMMING.

KONVULSERANDE.

KONTRAHERANDE.

Lia lyfte från marken och öppnade armarna så brett de kunde med huvudet bakåtlutat och blicken mot himlen. Och ovanför henne slets himlen upp. Det började regna, men när de träffade trottoaren var fläckarna röda. Himlen grät blodiga tårar medan Lia svängde och vred sig i luften som en marionett utan trådar.

De andra, inklusive Baby och Lachie, sprang ut på verandan för att undkomma det blodiga regnet, oförmögna att göra något åt Lia som fortfarande var hängande och i trans.

"Vi ser till att hon inte faller", sa E-Z, "resten av er tar skydd."

PULSING.

PUSHING.

Sedan kom blixten.

Följt av åska.

Ärkeängeln Michael bröt igenom barriären och flög ner tills han var nära E-Z.

"Jag förstår att du har situationen under kontroll, sa Michael.

"Ja, Furiernas essenser finns i denna USB."

"Kasta den till mig", sa Michael.

Som om han kastade en baseboll till andra basen, avfyrade E-Z USB-minnet i riktning mot Michael, som sträckte sig ut och fångade det och inneslöt det i is. "Jag Eriel kommer att få sällskap", sa Michael. "De kommer alla att förbli på is för resten av evigheten. Åh, och förresten, bra jobbat allihop!" Sedan flög han iväg lika snabbt som han hade kommit.

"Hur blir det med Lia?" E-Z ropade, men Michael svarade inte.

Jorden började pulsera och vrida sig trots att Furierna inte längre fanns på den, och blodet flödade inte längre från himlen eller hans rullstol.

Lia svävade fortfarande med ögonen riktade mot himlen, som skiftade från blodiga tårar till blått, och under deras fötter läktes jordkratrarna med gräs, träd blommor.

Sedan blev allt tyst och Lia, som fortfarande var i trans, svävade tillbaka ner till marken. Hon kände gräset mot sin rygg och log utmattat, medan hon krympte i storlek och återgick till sin verkliga ålder som var nio och ett halvt år gammal.

"Är du okej?" frågade E-Z, medan räven, nötskrikan, tvättbjörnen, kardinalen och rådjuret samlades runt henne.

Lia öppnade ögonen och hon kunde se ut genom dem. Hon tittade på sina händer och de var som de brukade vara.

"Jag mår bra", sa hon när Lachie hjälpte henne upp.

Sam märkte direkt att hans dotters kläder inte passade henne längre. Han tog av sig sin superhjältekappa och lindade den runt hennes axlar.

"Tack pappa", sa Lia.

Det var första gången hon kallade honom det och han hade aldrig känt sig så stolt när en tår rann längs hans kind.

$$***$$

D ET BLÅ PÅ HIMLEN verkade ljusare, som om
stjärnorna blinkade med ögonen trots att det
var dag och gräset på marken tycktes dansa i
solstrålarna som om det innehöll diamantdagg.

Varken E-Z eller någon annan i hans team kunde
tala. Ingen ville bryta tystnaden eller störa den
skönhet som de var vittnen till.

VISSLA.

VISKNING VISKNING.

VISKANDE VISKANDE VISKNINGAR.

Löven som blåser i vinden. De gav ifrån sig ett
människoliknande ljud. Men det var inte vinden,
det var rösten av barn runt om i världen som
återföddes.

De som hade tagits av Furierna, knuffade upp sina
kroppar ur marken och upptäckte att deras röster
hade återvänt.

Barnen lärde sig på nytt att gå, springa eller krypa och deras skrik ekade över hela världen:

"Jag vill ha min mamma!" skrek de pånyttfödda men själslösa barnkropparna.

"Jag vill ha min pappa!" ropade de återuppståndna barnen med en röst:

"WAH, WAH, WAH!"

"WAH, WAH, WAH!"

"WAH, WAH, WAH!"

De själlösa småttingarna förflyttade sig till kanter, reste till platser, deras rörelser var snabbare än ljusets hastighet medan de fortsatte att vråla:

"Jag vill ha min mamma!"

"Jag vill ha min pappa!"

"WAH, WAH, WAH!"

"WAH, WAH, WAH!"

"WAH, WAH, WAH!"

I Death Valley, där själafångarna förvarades och lagrades,

POP

POP

Dörrarna flög upp, som armar, och själarna gick ut och sökte efter de kroppar som de fortfarande var ämnade att vara i och de följde barnens skrik.

"Jag vill ha min mamma!"

"Jag vill ha min pappa!"

"WAH, WAH, WAH!"

"WAH, WAH, WAH!"

"WAH, WAH, WAH!"

Själarna flög från barn till barn. De sökte efter det hem där de hörde hemma. Det var som att se barn leka kull, när varje själ kom till och gick in i den kropp i vilken den hade fötts. När själarna och kropparna blev ett igen.

SHHHHHHH.

För ett ögonblick var de små lyckliga barn igen och ljud av förtjusning fyllde luften.

Tillbaka i Death Valley omdirigerade Hadz och Reiki de hemlösa själarna över hela världen som hade gömt sig eftersom de inte hade några egna själsfångare. En efter en kom själarna in och jorden började läka sig själv.

Samantha kom ut ur huset med sina barn Jack och Jill i famnen medan hon sjöng mjukt för dem: "Hush little baby don't you cry."

POP.

POP.

Hadz och Reiki dök upp, "Vi gjorde det!"

E-Z och hans team slängde sina armar runt varandra. De grät, de skrattade. Sedan grät de igen, för förlusten av en i deras team. För förlusten av en av deras egna: Brandy.

Lias telefon plingade till. Det var ett meddelande från Brandy: "Jag har kommit fram till köpcentret - igen! Jag hoppas att alla är okej och att vi besegrar häxorna!"

"Brandy lever!" Lia förklarade, sedan sms:ade hon tillbaka, "Det gjorde vi verkligen! Jag berättar detaljerna senare."

"AHRHHRGHHH!" Charles Dickens skrek. Hans kropp skakade och skakade. När det slutade var han i trans med en uttryckslös blick i ansiktet och händerna utsträckta med handflatorna uppåt.

"Får han mina handögon?" frågade Lia.

En bok - den största inbundna volym de någonsin hade sett - föll från himlen och landade i Charles armar och kraften från den fick honom nästan att tappa fotfästet. Charles lugnade sig när den massiva boken öppnade sig och bläddrade i sina egna sidor tills en röst från insidan av boken hördes:

"Jag är Alternativa världars reseberättelse."

Trots att rösten kom inifrån boken rörde sig Charles Dickens läppar synkront med varje ord, och i bakgrunden hördes fortfarande barnskrik:

"WAH, WAH, WAH!"

"WAH, WAH, WAH!"

"WAH, WAH, WAH!"

"Jag vill ha min mamma!"

"Jag vill ha min pappa!"

"WAH, WAH, WAH!"

"WAH, WAH, WAH!"

"WAH, WAH, WAH!"

"Jag är hungrig!"

"Jag är törstig!"

De barn som en gång bott närmast E-Z:s hus marscherade sida vid sida mot det.

"Hör mig nu!" Alternativa världars reseberättelse höll monolog.

"Det här är ett erbjudande som bara gäller en gång.

Om du blir vald, måste du välja.

Endast en gång, vinn eller förlora.

Låt inte denna möjlighet gå er förbi.

För det kommer inte att hända igen, på någon annan dag."

Sidorna bläddrades fram, sedan tillbaka. Framåt och sedan tillbaka. Bläddrandet stannade vid ett kapitel. Ett kapitel med titeln Alfred. Och där fanns foton på honom, med sin familj. Alla var äldre. Alla friska och välmående. Han var inte längre Alfred, trumpetsvanen på bilderna. Han var Alfred, fadern, maken, mannen.

Med tårar i ögonen kastade Alfred en blick på E-Z. Blicken de delade med varandra sa allt. Han var tvungen att gå. E-Z nickade.

Sedan vände sig Alfred till Lia. Hon nickade också och visste att han var tvungen att gå.

Alfred, trumpetsvanen, klev in i kapitlet som bär hans namn och förvandlades tillbaka till en man. Och inifrån sidorna i Reseskildring från en annan värld vinkade han till sina vänner.

Nu återställdes sidorna i Alternativa världars reseberättelse till början av boken. Sidorna blandades om och om igen, framåt och bakåt, bakåt och framåt och stannade till slut vid ett nytt kapitel. Ett kapitel döpt efter Lachie.

På fotot var Lachie ett spädbarn. Hans föräldrar tog med honom hem från sjukhuset. Spädbarnet på bilden bar ett sjukhusarmband som avslöjade att Lachies riktiga namn var Andrew.

"Nej, tack", sa Lachie. "Bebisen och jag ska snart åka hem."

Alternate Worlds Travelogue slog igen sig själv med sådan kraft att Charles nästan ramlade omkull. Han återhämtade sig och en stund senare började boken bläddra igen. Bakåt, framåt. Sidorna blandades som en kortlek tills den landade på kapitlet som hette Haruto. På bilden var han tillsammans med sin mamma och pappa.

"Nej tack", sa Haruto omedelbart. Han tog Sobos hand i sin och sa till Lachie: "Kan du släppa av oss i Japan på din väg hem?"

Lachie nickade, "Trevligt med sällskap."

Lågor sköt ut ur boken den här gången innan den stängdes, och Charles tappade den nästan.

Barnens obesvarade rop fortsatte och blev allt högre när de närmade sig E-Z:s hem:

"Jag vill ha min mamma!"

"Jag vill ha min pappa!"

"Jag är hungrig!"

"Jag är törstig!"

"WAH, WAH, WAH!"

"WAH, WAH, WAH!"

"WAH, WAH, WAH!"

Charles blundade.

"Är det allt? frågade E-Z.

"Hur blir det med oss?" frågade Lia.

Charles armar började skaka. Som om bokens vikt pressade ner hans armar. Sedan slog boken igen, med en sådan intensitet att han snubblade framåt och satte sig ner. Han korsade ena benet över det andra och höll boken mot sitt bröst.

Den flög upp igen, liksom Charles ögon, och återigen rörde sig sidorna, som sjögräs på havsbotten. Den slogs igen. Sedan vändes den över på rygg. I mitten av boken syntes en ram. Först var den tom, som om den väntade på något. Sedan flimrade den till och en film började.

En basebollmatch hade redan börjat på Dodger Stadium. Dodgers spelade mot Brewers. Och E-Z Dickens var catcher. Han stod bakom plattan och spelade som ett proffs. På läktaren stod hans föräldrar och hejade på honom, precis ovanför avbytarbåset.

JORDPAUS.

Under några sekunder blockerades solljuset när Ophaniel bröt sig in i himlen och tog sig fram mot dem.

"E-Z, jag ville bara berätta för dig, innan du fattar ditt beslut, att vad du än bestämmer dig för att göra, eller inte göra, kommer att få konsekvenser för andra."

"Som vadå?" frågade han och släppte inte blicken från den inramade versionen av sig själv och sina föräldrar, även om de inte längre rörde sig i den.

"Tänk på olyckan ... vad skulle inte ha hänt i världen om dina föräldrar aldrig hade dött? Om du aldrig hade förlorat förmågan att använda dina ben?"

Han tittade i riktning mot sin farbror Sam, sedan på Samantha, Lia och tvillingarna. Utan olyckan skulle ingen av dem ha träffats. Tvillingarna skulle aldrig ha fötts.

"Om jag bestämmer mig för att åka och leva ut min dröm, vad händer då här?"

"Det är en risk du måste ta, och ett svar jag inte kan ge dig. Men jag vet att du är katalysatorn och limmet."

"Okej, tack för att jag fick veta det."

JORDEN ÅTERUPPTAS

Ophaniel gav sig av.

"Uh, nej tack," sa E-Z.

Han såg hur han och hans föräldrar försvann. Skärmen blev tom. Ramen försvann och boken började stiga. Upp, upp, ut ur Charles armar.

Charles stod som om han fortfarande höll i den. Han stirrade rakt fram på ingenting.

När boken var långt ovanför dem började den brinna. Den fräste och stank innan dess rester var tillräckligt små för att lyftas av vinden. Och Alternate Worlds Travelogue fanns inte längre.

Charles återvände till sig själv när barnen anlände i massor till E-Z:s gata.

"Jag vill ha min mamma!"

"Jag vill ha min pappa!"

"Jag är hungrig!"

"Jag är törstig!"

"WAH, WAH, WAH!"

"WAH, WAH, WAH!"

"WAH, WAH, WAH!"

"Får jag berätta en historia för dem?" frågade Charles.

"Det kan inte skada", sa Lia.

Charles började återberätta sagan om De tre stenblocken. Barnen slutade röra på sig, slutade skrika och hängde upp sig på vartenda ord han sa - tills han plötsligt stannade.

"Åh, tusan!" ropade han och märkte att varje del av honom försvann in och ut som om jorden hade problem med att sända hans signal.

"Vänta!" sa E-Z. "Har du något råd till en författarkollega?"

"Det finns böcker där baksidorna och omslagen är de bästa delarna - låt inte din vara en av dem. Jag kommer att sakna er alla!"

Vissa säger att i exakt det ögonblicket kom en ljusstråle ner, lyfte honom från marken och bar Charles Dickens upp i himlen. Andra säger att han red iväg på Lilla Dorrit och att ingen av dem någonsin sågs igen. Allt de visste med säkerhet var att Charles Dickens lämnade dem den dagen och aldrig sågs igen.

"WAH, WAH, WAH!"

"WAH, WAH, WAH!"

"WAH, WAH, WAH!"

FIZZLE POP

En Soul Catcher anlände. Den öppnade dörren och sköt smällare i luften.

En del av barnen blev rädda för ljudet och andra älskade det, men i alla fall slutade de gråta.

När den sköt upp färger i luften smälte de samman och sa följande:

KOM UT KOM UT KOM UT

VAR DU ÄN ÄR!

"Vad vill den?" frågade E-Z. "Eller ska jag säga, VEM vill den ha?"

"Är det jag?" frågade Sobo.

"Nej, det är till mig", sa en röst bakom dem. Det var Rosalies röst.

Alla vände sig mot något och förväntade sig att se ett spöke eller en ande, men vad de såg var inget av dessa två saker. Det var Rosalies väsen...det var allt de visste.

"Farväl kära Rosalie!" ropade Sobo.

Det var ett riktigt avsked för kära Rosalies väsen, med E-Z och hans team som ropade, vinkade, kastade kyssar och hejade på henne. Det var ett riktigt firande av allt hon hade betytt för dem, när deras kära vänner klev in i hennes själsfångare och den flög iväg.

Nu när Charles var borta återupptog barnen sina skrik,

"WAH, WAH, WAH!"

"WAH, WAH, WAH!"

"WAH, WAH, WAH!"

I bakgrunden hördes ett nytt ljud. Ljudet av fötter, många fötter, som springer - snabbt.

När de strömmade in på E-Z:s gata återförenades mammorna och papporna och barnen med sina nära och kära, och denna återförening skedde över hela jorden.

"Bravo!" sa E-Z till sitt team.

De vinkade adjö medan Lachie, Baby, Haruto och Sobo flög iväg.

Nu var de enda som var kvar E-Z och Lia.

ZAP!

Första Poppet anlände.

BONJOUR!

Följt av Francois.

"Ah, vi är för sena", sa han. "Vi har missat allt!"

Inifrån huset hördes Samanthas skrik. "Åh nej, något händer med bebisarna!"

Alla sprang in till bebisarnas barnkammare. Jack och Jill sov djupt.

Sam lade armen om sin fru. "Jag tycker att de ser ut att må bra", viskade han.

"Men de mår inte bra!" sa Samantha.

"Det kommer att bli bra", sa Sam.

"De ser bra ut för mig också," sa E-Z.

"Vänta bara," sa Samantha. "Vänta bara så får du se. Jag skulle inte ha skrikit om inte..." Hon vacklade och vacklade som om hon skulle falla ner.

Alla tittade och väntade. Ingenting hände på tio, femton, tjugo eller till och med trettio minuter.

Sedan hände plötsligt något.

Ett gult och ett grönt ljus strålade ut från Jack och Jills små kroppar.

"Hadz? Reiki?" utbrast E-Z.

POP.

POP.

Jack och Jill satte sig upp, som äldre bebisar skulle kunna göra. Vilket Jack och Jill ännu inte kunde göra.

Samantha svimmade, medan Sam fångade henne.

"Vad i helvete håller ni två på med?" krävde E-Z. "Ut därifrån - nu!"

Hadz sa: "Som belöning bad vi att få bli människor."

"Reiki sa: "Och vi behövde kroppar."

"Åh, broder", sa E-Z när det knackade på ytterdörren.

"Är det någon hemma?" frågade PJ och Arden.

EPILOG

E-Z SKREV IN ORDEN: SLUTET. Nöjd med att ha avslutat en serie på fyra böcker stängde han sin laptop.

"Skynda på E-Z!" ropade en man bakom honom.

E-Z tog av sig sin fångarmask och såg sig omkring. Han stod bakom plattan och fångade för Los Angeles Dodgers. Domaren borstade av plattan. Han reste sig upp och tog sig till avbytarbåset eftersom han var den sista spelaren utanför planen.

Han kände igen några av spelarna, när han rörde sig längs dugouten och följde tätt efter dem.

Han drog fingrarna genom sitt hår, som var helt blont. Det var kortare och mer välklippt än han någonsin hade haft tidigare. Och han var längre, definitivt över 6 ft 5.

Vad tusan var det som hände? Hade han somnat? Han nöp sig i armen. Det gjorde ont.

"Du är på däck, E-Z!" ropade slagtränaren.

Han hittade en bildskärm och kollade in sin spegelbild. Han tittade på sig själv, som om han var en främling.

"Jorden till E-Z", sa hans coach.

"Ledsen, coach", sa E-Z, medan han gick mot hangaren för dugout-utrustning. Hans slagträ var märkt, precis som resten av hans utrustning. Han tog på sig det och klev in i spelargången.

Han justerade sina armbågsskydd och gjorde sig sedan redo för den första pitchen. Tillsammans med sin lagkamrat vid plattan tog han ett par övningssvingar. Medan han väntade fångade rörelser på läktaren bakom avbytarbåset hans uppmärksamhet. Hans mamma och pappa.

"Kör hårt, grabben!" ropade hans pappa.

Han gav sina föräldrar tummen upp och tittade sedan på när hans lagkamrat singlade och tog sig säkert till första basen.

E-Z klev in i slagrutan, tog tid på sig, klev ut igen och tog några djupa andetag.

Ta dig samman, sa han till sig själv. Jag vill inte göra laget besviket. Fokusera. Koncentrera dig.

Han höjde armen för att visa domaren att han var redo och återvände sedan till plattan.

"Kom igen E-Z!" ropade hans mamma.

Han koncentrerade sig och tittade på när den första pitchen gick förbi. Förmodligen över hundra miles i timmen. Han förberedde sig för den andra pitchen. Svingade och missade. Hans lagkamrat stal en bas och landade säkert på andra.

Det här är för mycket. Jag är inte redo. Jag måste vakna upp. Jag måste vakna - NU.

Den andra pitchen flög förbi. Han svingade men fick ingen träff. Den tredje pitchen kom in och han träffade den. Han såg hur hans lagkamrat försökte ta sig till tredje, men kastades ut. Han lyckades nästan ta sig till första i tid, men det andra laget fick till ett dubbelspel. Med två ute gick han tillbaka till avbytarbåset för att ta på sig sin fångstutrustning.

"Du tar dem nästa gång!" sa hans pappa.

Även om han inte kom till basen var han i sin dröm. Levde ut sin dröm. Men hur? Han hade tackat nej till erbjudandet från Alternate Worlds Travelogue.

Ta mig härifrån! Jag vill inte ha det så här! Var är farbror Sam? Var är Lia? Var är tvillingarna?

Hans huvud var fyllt av skratt när han föll till marken och fortsatte att falla. Tills han landade med en duns på ett trägolv, i en stuga eller ett skjul. Inom några sekunder efter att han landat började den brinna.

På andra sidan rummet satt en liten flicka. Först trodde han att det var Lia, men den här flickan hade rött hår. Han försökte väcka henne, men hon rörde sig inte.

Bakom honom slets ytterdörren ur sina gångjärn. En mörk, höljd figur kom in, tillsammans med en kortare figur med huva. Tillsammans bar de ut flickan.

"Hjälp mig!" ropade han.

"Hjälp dig själv!" sa en kvinnoröst, den längre av de två figurerna, medan väggarna började krascha runt omkring honom.

Han var tillbaka på stadion, på rygg på marken och tittade upp i sina föräldrars ögon.

"Du kommer att klara dig", ropade de.

Tack och erkännanden

Well, we made it to the end of the E-Z Dickens Series. I sure hope you liked reading it as much as I enjoyed writing it.

Since you've been with me throughout this series, my final THANK YOU is to you, my readers. You're awesome!

As always, Happy Reading!

Cathy

Om författaren

Cathy McGough bor och skriver i Ontario
Ontario, Kanada tillsammans med sin man, son, två
katter och en hund.
Om du vill skicka e-post till Cathy,
kan du nå henne här:
cathy@cathymcgough.com
Cathy älskar att höra från
sina läsare.

Även av:

ICKE-FIKTION

103 Insamlingsidéer för frivilliga föräldrar med
Skolor och team (3RD PLACE BEST REFERENCE 2016
METAMORPH PUBLISHING)